PINGÜINOS SUICIDAS

A. CHINASKI.

PINGÜINOS SUICIDAS

PINGÜINOS SUICIDAS

© A. Chinaski, 2018.

N° Propiedad Intelectual: 0-293100
I.S.B.N. 978-956-9283-18-5

© Editorial Signo

Revisión de la edición: Jorge Calvo Rojas
Diseño y diagramación interior: Alejandro Álvarez
Diseño de portada: Alejandro Álvarez
Ilustración de portada: Maria Paz Matus de la Parra "Mapi"

Impresión: LOM

IMPRESO EN CHILE / PRINTED IN CHILE
1ª edición, julio de 2018

CONTENIDO

*"Todas las personas ocultan secretos.
Solo es cuestión de averiguar cuáles son."*

Lisbeth Salander
Millenium

CAPÍTULO 1. PRIMER DÍA

"Ven amorosa y dulce muerte,
estoy esperando por tu aliento".

The Misfits

La camioneta Mitsubishi Montero de la PDI se sacude completa al experimentar un profundo bache, describe un viraje, deja atrás una violenta curva y la Detective Laura Mardones presiona a fondo el acelerador como si quisiera romper la barrera del sonido y se interna en la carretera que cruza Los Vilos. Aun resuenan en su mente las palabras de aquel muchacho:

—Me llamo Mike, y soy delincuente. Al menos eso les harán pensar. Pero por una vez en sus putas vidas, saquen sus propias conclusiones con lo que voy a decir: Secuestré el colegio, como represalia a los *pacos* que secuestraron a mis amigos. —El video muestra la imagen de un muchacho de melena rebelde, algo agitado, con un dejo nervioso en la voz.

—Hago esto para llamar la atención y, denunciar a los verdaderos delincuentes; a esos hijos de puta que se llevaron a mis amigos. —Mike mira fijamente a la cámara, ojos crispados, inundados de lágrimas.

—Aquí va mi mensaje: Primero, tengo una bomba. Si intentan entrar al colegio, la bomba explota. Les concedo 3 horas para liberarlos, quiero verlo en la TV. Si no lo hacen, la bomba explota. Si intentan desviar la atención todo explota. Aquí se termina el abuso de poder y de esta hueá solo no me voy ni cagando… ¿Cacharon?

Luego, el cabro chico cortó la transmisión, dejando a medio país con la sensación de haber experimentado la amputación de un brazo de la realidad y sin anestesia. El video de cuarenta segundos explotó en las redes sociales. En menos que canta un gallo se volvió viral y antes de veinticuatro horas se convirtió en una plaga que alcanzo los rincones más ocultos, piensa la Detective Laura Mardonez preocupada de llegar pronto a esa ciudad de mierda llamada Montecruz.

***

Marzo llama a la rutina luego de un tórrido verano, uno de los más calurosos que se recuerden en la pequeña ciudad de Montecruz. Aún así muchos poderosos anuncian que el calentamiento global no es mas que una teoría conspiratoria. La ciudad es un villorio de 200 mil almas enclavado en la cuarta región de Chile. Un conjunto de casas caleidoscópicas, encaramadas en un valle flanqueado por cadenas de cerros disparejos como la dentadura de un anciano, que extiende sus manos hacia el maciso cordillerano de los Andes.

Montecruz se encuentra a escasa distancia de Ovalle, ciudad mucho mas desarrollada con trabajo y comercio, decidiendo el destino de Montecruz como un apéndice dedicado a ser un enorme dormitorio comunal.

Al igual que tantas otras ciudades creadas bajo la desbordante imaginación Española, consta de una Plaza de Armas, y una ancestral iglesia, construida totalmente de madera. La probidad quiso que el Cuerpo de Bomberos se ubicara contiguo a la descomunal iglesia. Pero el motivo de orgullo de los *Montecrucinos* no radica en esta reliquia arquitectónica, lo que ha venido a acelerarles el flujo sanguíneo es el flamante *mall,* construido bajo vanguardistas y cuestionables estándares del diseño. Pensado hacia su interior como un submarino, deja a los escasos y extraviados turistas con una sensación cercana al suicidio, al divisar tamaña aberración. Erguido en el mismo centro de la ciudad, semeja un hongo nuclear congelado en el tiempo, no existe otra explicación para esta bestialidad del diseño que un monumento al Holocausto.

El Chico Mike salió temprano de casa de su tía Carmen, en la población "El Refugio", antigua toma de terrenos en los faldeos de la parte Sur de la ciudad. Se había propuesto llegar puntual a su primer día en la Educación Media, y sobretodo ahora que asisitiría a un nuevo colegio. Llevaba los mismos pantalones grises, la camisa percudida y el paletó azul marino con que vistió en la Educación Básica. Todo le quedaba unos cuantos centímetros mas corto, como si el desarrollo lo hubierse pillado camino al colegio. Adornaba el conjunto un viejo bolsón de cuero, de otra época, que ya merecía una jubilación. Mike lo odiaba, desde que una "loca" se lo había alabado, ¡hay que *vintage*! Le había gritado. El Chico Mike poseía una piel morena bronceada por el sol. Su cabello oscuro descendía por su frente ocultando parte de su rostro y unos ojos negros y brillantes que al observarlos detenidamente, delataban inteligencia. A pesar de su dura historia era el dueño de unos dientes firmes y parejos que concluían en una mandíbula bien definida, y que en conjunto con un par de notorias cicatrices, le otorgaban una expresión e irradiaba un carisma que no pasaba desapercibido a una mirada más profunda. Era en realidad un cabro atractivo, oculto tras la distorsión provocada por el prejuicio de la pobreza de su vestimenta.

Esperando en el atestado paradero, observo el micro "43", bajar la inclinada calle, veloz como un kamikaze. Sabiendo que el chofer no pensaba detenerse, se preparó para saltar al abordaje, tal cual si fuera la reencarnación de Arturo Prat. El micro traía las puertas abiertas, con los sones de una cumbia villera *a todo chancho* y con un par de estudiantes apenas agarrados de la carrocería flameando como banderas dieciocheras.

El Chico Mike dio un salto de leopardo y metiendo la mano entre el tumulto, se agarró triunfante. Pero el chofer aceleró. Isaac Newton y la inercia tenían otros planes, y lanzaron al Chico Mike de vuelta a la vereda de tierra donde se sacó la cresta.

Cayó en medio de una nube de polvo y humillación, provocando una exclamación de ¡Oh! en los habitantes del paradero. Una señora se acercó a ver si estaba bien. Con la cara roja se sacudió como pudo, y se fijó en el nuevo "7" que apareció en la rodilla de su pantalón. Sangraba.

En vista que el próximo transporte tomaría otra media hora, decidió caminar al colegio.

Aunque eran más de más ocho de la mañana, el calor del verano se negaba a hacer la maleta y cuando apareció sopeado y empolvado en el centro de Montecruz, ya no cojeaba. Los jubilados rebalsaban los escaños de la Plaza de Armas como viejas lagartijas antediluvianas. Qué diablos, decidió sentarse en el pasto. Encendio una *aguja* de cannabis.

Exhalando el humo de la mota, contemplo sin apuro el entorno. Se fijó en una cabra chica sentada en una banca de la Plaza. Le faltaba un zapato, y su rostro tenía un maquillaje de payaso triste dibujado por lágrimas secas. Se veía perdida. Pensó en acercarse, pero un jubilado increíblemente lento se adelantó hacia ella. La tortuga vencía a la liebre.

Se encontraba a cuadras de su nuevo colegio, el "Saint Expedit School", católico, el más prestigioso –y costoso– de la provincia. Habia ingresado de forma especial, como un favor a la madre Ana, Directora del Hogar San Francisco de Asís donde el Chico Mike pasó gran parte de su infancia. La misma que le repetía "Miguelito, algún día vas a ser un hombre de Dios", el se conformaba con sobrevivir cada dia, y convertise en un adulto era algo que aun estaba muy lejos de sus aspiraciones. A los catorce años, los treinta se ven como un delirio; los sesenta es algo impensable. Ese par años en el Hogar de la madre Ana fueron los mejores, si hasta parecía una familia de verdad. Para empezar, tenía que compartir la habitación solo con otros 3 *brocacochis*, y eran todos buena tela. Su obligación era ir a la escuela y jugar a los "tiritos" en el patio, los "3 hoyitos" era su favorito. Le encantaba diseñar nuevos túneles y canales, impensados para el resto, donde las bolitas de cristal se deslizaban hasta su destino final. Podría haber sido ingeniero. En otro universo.

Y helo ahí, a punto de poner un pie en un elegante colegio, donde el acceso estaba conformado por un portón exquisitamente hecho de bronce y maderas nativas en peligro de extinción. A la derecha, se alzaba una gran virgen María de unos dos metros de alto, blanca e inmaculada, que sostenía en sus brazos un niño Jesús del tamaño del Chico Mike. Aplastada bajo sus pies, se retorcía una serpiente con cabeza de diablo de la Tirana. Tenía cara de que la virgen lo estaba pisando justo en medio de sus demoniacas pelotas. Frente a ella estaba la estatua de San Expedito, con su vestimenta de soldado romano. En *la volá*, al chico Mike le pareció que miraba cachondamente las curvas a la virgencita.

En esas noches en que el Chico Mike salía a explorar la ciudad, recordó que una vez el viejo Canuto que predicaba fuera del Terminal de buses, le contó que al San Expedito no le daba ni para santo. Alguien había despachado equivocadamente a un convento, una caja que contenía la estatua del soldado romano. La caja decía *Expedit* para su envío rápido. Las monjas del convento tomaron esto como una señal del *Pulento* e instalaron el impostor en el convento, demostrando que cualquiera puede ser un santo.

Eso le contaba el Canuto, que le daba una moneda para que lo acompañara en la prédica, total sólo tenia que decir ¡amén!. A veces andaba con la cuerda y gritaba tan fuerte ¡amén! Que el Canuto le pegaba un manotazo.

"Esto no es nada chico, alabar a Dios es fácil. Para lo que hay que tener talento, es para ser malo. Hay que dedicarse plenamente, o traer la sangre de Satanás en las venas. No cualquiera es asesino de inocentes, violador de pollitos, o el hijo de la llorona". Le dijo una tarde el Canuto, cuando el vino barato le inundaba los filtros.

Reparo que en el arco superior de la fachada, había una frase en inglés que rezaba: *In God we trust.*

"Igual que el lema del billete que le quité al Cochino Vidal cuando estábamos en la Básica y que le costó un diente por no entregármelo. Era un dólar. Merecido, porque el Cochino Vidal siempre andaba con cosas güiñadas, *raras, novedosas. Contaba que se iba a "trabajar" al centro. El dólar se lo había robado al Profeta, mendigo zafado del cráneo que bolseaba fuera de la Catedral. Le decían Profeta porque se instalaba fuera de la catedral a predecir el futuro a grito pelado y a blasfemar contra la iglesia, aunque de forma muy caballerosa. "Curas bellacos, pedófilos, chantajistas", gritaba. Los niños callejeros, los brocacochis, nos burlábamos. Se decía que había sido profesor de historia. El mismo Cochino Vidal lo había contado. Dijo que el Profeta había sido profesor hasta el día en que murió su mamá y se volvió loco de pura pena, de ahí a vagabundo fue un solo paso.*

El frontis del nuevo colegio era la antítesis de su ex escuela básica de varones, numerada como la B–52. En ella, tras el gran portón de fierro forjado, los hijos de Dios se colgaban a mirar a la calle, esperando a algún transeúnte que les regalara la colilla del cigarrillo. Un porrazo en el patio de maicillo pelaba las rodillas y rompía el pantalón asegurando una paliza en el retorno a casa. El patio era también el punto de intercambio de porno, y se peleaba con cuchillo por mirar feo a cualquiera. La colación de los más débiles era la moneda de cambio y se transaba como las acciones de la bolsa, y un sándwich de jamón con palta era como el oro puro.

En los baños se gestaron las verdaderas Redes Sociales. En sus muros pintados de gris, se cuestinaba la moral de los compañeros: "Al Lucho le gusta la prieta", o se publicaban populares concursos como "Póngale nombre al pico"; no existía un "me gusta", pero los comentarios se transformaban en largas columnas de texto que iba torciéndose por la incomodidad de escribir ya a ras de piso.

Los profesores vigilaban el patio con voluntad férrea; cualquier travesura o jugarreta era sentenciada y castigada en el instante con un golpe certero. Cada educador tenía una técnica especial: dejar caer el libro de clases en la cabeza o pegar un palmetazo al cuello, las profesoras pellizcaban o arrancaban las patillas y se limpiaban los pelos en las mismas cabezas de los niños. Las indisciplinas mas terribles, se pagaban en la oficina del Director, militar retirado y con tendencia excesiva a la violencia, donde una huasca de cuero repartía latigazos justicieros y dejaba a los acusados cojeando por varios días.

También se pasaba revista a las cabezas en busca de piojos leninistas o liendres marxistas. Si encontraba un invasor el mismísimo Director procedía a rapar al cabro chico con una vieja máquina manual de cortar el pelo.

Entre nosotros, lo que más me inquietaba, es que nunca había estado en un colegio mixto. En los hogares del Sename siempre tocó convivir con puros pollos y lo que se vivía ahí, era otra clase de miedo, mas profundo, que te hacía estar alerta las veinticuatro horas.

La escuela de niñas quedaba al lado y en los recreos nos subíamos a la pandereta. Les gritábamos "!Él te mandó saludos!" apuntando a un compañero que se ponía rojo como tomate. Siempre me acuerdo de la Cintia. Ella cursaba séptimo cuando yo iba en sexto. Me paraba como hueón a esperar que saliera para tomar la misma micro que ella. Se me pasaba la hora imaginando que la salvaba de un cogoteo y me agradecía a puros calugazos.

Pero no fue de ese modo como la conocí. Un día simplemente se sentó a mi lado, sacó un cuaderno, se subió el jumper y empezó a escribir la materia en su pierna hasta el bordado de sus calzones blancos como plumavit, tal como los soñaba. Cuando terminó de escribir, me pasó el lápiz como si fuera un escarpelo y me miró con cara de cirujano en una operación de separación de siameses.

—Escribe con tu mejor letra, me dijo.— Mira me cuesta escribir con la izquierda.

Mi cara tenía más colores que calzón de payaso, y no dije nada. No pude decir nada. Fruncí el ceño y me dediqué con gran profesionalismo a la ta-

rea encomendada. Recuerdo perfectamente la materia: La célula. La célula está formada por Ribosomas, Membrana, Piel suave, Encaje, Calzón blanco y Jumper corto. Cuando terminé mi obra, había también un perfecto dibujo del sistema. "Dibujai bien" me dijo. Sacó un clip rojo de su estuche y le dio forma de corazón. Una vez que terminó me lo colocó en el bolsillo de la camisa. "Ahí está tu premio", me dijo sonriendo. Sentí que se me hinchó el pecho, parecía pollo de supermercado, y me pareció que los colores se volvieron más brillantes. Fue el primer premio que recuerdo haber recibido… Sin contar los correazos.

Lo pasábamos bien con la Cintia. Nos juntábamos en la plaza a fumar y atracar. Se ponía loca besando, a veces atracábamos sin parar por horas, toda la tarde, y después me dolía toda la boca; quedaba con los labios todos mordidos, la lengua acalambrada. Hasta los dientes me dolían. Así nos pasamos un par de meses, hasta que desapareció a mitad de año. Nadie me pudo decir qué había pasado con ella, la fui a buscar varias veces y la vieja de su mamá me gritaba desde adentro que no estaba. Un día cualquiera desaparecio. Nunca más actualizó el Facebook. Se hizo humo. Hasta cierta mañana de diciembre, pateando piedras de vuelta a la casa de la tía Carmen la vi, más gorda y con una guagua en brazos. Mientras caminaba hacia ella, por un segundo pensé que podía ser mía, pero claro yo no hice más que comerla a besos y eso no es suficiente para engendrar un crio. A pesar de lo que me quería hacer creer la tía Carmen. Cuando estuvimos a menos de un paso de distancia se me fue encima y me abrazó llorando. Sus palabras se agolpaban. La habían mandado al Sur a tener al crío, "Yastin" se llamaba. Su mamá no la quería en la casa, la trató de puta cochina por querer quitarle a su hombre; el Toño, mecánico mediocre y cafiche, que muy care' raja, se le metió más de una vez en la cama. Su mamá la culpó por su jumper corto y su caminar hipnotizante como las olas del mar. Que el Toño es hombre y ella es la puta.

Dijo que no sabía cuánto iba a durar en esa casa, volvió porque en el Sur no podía quedarse. La tía le había dado un ultimátum, tenía que echarse a volar con el huacho ese. Me confesó que se sentía atrapada en un hoyo cada vez más profundo. Llevaba varios días pensando si sería mejor darlo en adopción o dejar que se lo llevara la corriente del canal. No sé porque pero la abracé. Le susurré al oído que la ayudaría y me respondió con un beso en la boca, uno solo, con sus labios gruesos de flor en botón.

Cuando la Vía Láctea apareció sobre su cabeza, el Chico Mike caminó hacia detrás de la *Pobla*, donde se encontraba el matadero ilegal camuflado como una compra venta de metales. Sus ojos se adaptaron a la penumbra. Contempló mudo el lugar donde muchos animales habían visto la cara de la muerte y que con su último álito de inocencia conocieron lo peor del ser humano. Hedía a tristeza. En uno de los cercos para el ganado cortó un trozo de soga. Con su cuchillo *el corvo* cortó también un trozo de plástico grueso y lo guardó entre sus ropas.

Volvió a la civilización y saltó por la pandereta del taller mecánico, en el patio de la casa de la Cintia. Pasó con mucho cuidado por un cementerio de viejos cacharros, hasta que encontró un destartalado Nissan V16 que hace un par de días había visto humear como locomotora. Se sentó a esperar que dieran las tres de la madrugada, la hora más oscura. Entonces arrancó el motor, encendió las luces y de un solo movimiento felino se agazapó en el asiento trasero.

El Toño apareció en calzoncillos y medio dormido. Se rascó la cabeza y usando un celular como linterna, se dirigió al auto, tal cual polilla hacia la luz. Se sentó en asiento del conductor y antes de que pudiese reaccionar, la soga se enroscó rápidamente en el cuello como una alimaña atándolo a la cabecera del asiento y a su destino. El Toño intentaba alcanzar la bocina mientras los perros denunciaban con sus ladridos.

Mike aumentó un poco más la presión y el padrastro de la Cintia dejó de luchar. Bajó y metió una punta del plástico en el tubo de escape y la otra por una ventana. El monóxido de carbono se esparció rápidamente en el interior del vehículo, transformándolo en su féretro metálico.

Mike tiritaba. Había luchado a muerte con cuchillo y cadena, pero era la primera vez que tomaba una vida. Su pecho respiraba con dificultad dando grandes bocanadas del gélido aire de la madrugada.

Se quedó mirando como la cara del Toño se desvanecía en el humo. De pronto una de sus manos ya sin fuerzas golpeó el vidrio. Esperó hasta que el Toño se transformó en fría carne y quitó la evidencia. Se alejó con la capucha del polerón en su cabeza, en una versión de la muerte portátil.

Ahora la Cintia estará tranquila. La rata cobarde no aguantó la culpa de preñarla y se suicidó. Además la guagua no tendrá que esconder la cara de un papá tan pollo. Pero la Cintia no me volvió a hablar. Me esquivaba, se escondía de mí. Cuando por fin la pude mirar a los ojos, vi la expresión del miedo. No entendió que nunca le haría daño, que lo hice por ella, por el Yastin. En todo caso en el funeral, fue el único que lloró, aunque lo hizo por un sorbo de teta.

✳✳✳

Las primeras claridades de la aurora despuntaban en el cielo. La detective Laura Mardones había conducido toda la noche, pero valia la pena, a la distancia se recortaban las techumbres de Montecruz. Un pueblo chico, polvoriento, irregular. Donde de pronto se habían abierto las puertas del infierno.

En el interior del colegio secuestrado. El caos había dado lugar a un tenso silencio que solo se interrumpía por sollozos tanto de hombres como mujeres. El Chico Mike habló a los rehenes.

–Tranquilos cabros. Los del GOPE están afuera del colegio listos pa' pegarme un tunazo, no me quieren vivo, "aprovechemos de contribuir con un flaite menos". Cuando eso pase los buitres de las noticias van a grabar mi sangre corriendo y por lo menos, aunque me revienten el rostro a balazos, igual voy a salir en la tele por primera vez. Y ustedes tienen suerte, lo verán en vivo. Y chucha, a lo mejor se trauman y van a pensar, ¿cómo paso esto? Pero que no los lleven al psicólogo, en un par de días olvidarán todo. Las noticias ya les contarán otra historia, otra mentira que tragar. Y les dirán que no es su culpa, que siempre hubo algo malo conmigo, que era un flaite y así somos los delincuentes. Así me criaron, así son mis valores. Esta es mi ley.

Y pa' la Navidad sus papás les van a regalar un perro de raza pa' que los cuide. Y se darán cuenta que es mucha *pega* y les dirán que se escapó, pero *la dura* cabros, lo van a ir a tirar en un callejón cualquiera. Ustedes perpetuarán ese miedo, y la máquina de mentiras seguirá rodando. Por que si le temen a alguien como yo, a los que están afuera les deben terror.

Un rugido sordo interrumpió al Chico Mike y lo puso en alerta. El rotor de un helicóptero acaparaba el espectro audible. En la calle, se oian ruidos de botas, gritos y órdenes amplificadas por un megáfono. El Chico Mike instintivamente se agazapó. "!Al suelo!" gritó sobre el caos que se produjo en la sala de clases. Su corazón dio un vuelco al darse cuenta que ya no había vuelta atrás. La rueda de la fortuna estaba girando.

CAPÍTULO 2. TARDE DE PERROS

"Le siguen la huella los perros guardianes,
pero no se acobardan, plomo reparten,
que vengan los perros, buenos para hablar,
nosotros le tenemos a cada uno su bozal".

Políticos Muertos

La Detective Laura Mardones con las piernas algo aletargadas por las tediosas horas al volante, lanza una larga exhalación al observar el letrero que informa "Montecruz 5Kms", lo ha conseguido. Acaba de sopresar los límites exteriores de Montecruz. Aquí el sol orina rayos calcinantes sobre una aglutinación de cuerpos humanos que de pronto se cierran como un muro y le impiden el paso.

Un caldo efervecente de zombies que espian y chatean a través de sus celulares sin prestar atención al entorno. A ellos se suma un océano de policías, bomberos, sapos de micro, vendedores ambulantes y manadas de perros vagos, transformando el desplazamiento en una tortura medieval. La Detective, blasfemando, emputecida, se ve obligada a estacionar la camioneta varias calles más allá de lo que presupuestaba.

La barrera policial alrededor del colegio parece un mal chiste; un mar de periodistas se colaban imperturbables transmitiendo en vivo a los centros noticiosos, entrevistando a cuanta persona o alimaña se cruzara en su camino con demoledores cuestionamientos como ¿esta *usted de acuerdo con el secuestro. Qué piensa; es malo o bueno?*

Cuando los angustiados y llorosos padres aparecían a enterarse de la situación, esta turba enardecida de agentes de la verdad se entramaban en una verdadera lucha tratando de conseguir una entrevista, desgarrándose la ropa y metiendo más de algún dedo en algún ojo u orificio desatento. Los padres eran llevados velozmente por Carabineros a la Clínica Monte Visión, cercana al colegio, y ocupada como centro de operaciones policiales.

La Detective Laura Mardones, se abrió paso a través de la barrera de juguete, repartiendo de manera ecuánime y sistemática codazos y chuchadas a los insistentes periodistas y público variado que desperdiciaba oxígeno. Hasta un bizarro vendedor de periscopios recibió un *mangazo* en pleno hocico.

Ingresó a la clínica toda sudada, pero de a poco logró disfrutar del casi glaciar aire acondicionado. Odiaba el maldito calor. Con su cabello ónice tomado bajo el jockey, e invariablemente vestida de negro, se dirigía al centro de operaciones contoneándose inevitablemente al caminar. Sus bototos militares retumbaban en las baldosas dando la impresión de que una gran bestia se aproximaba. Una bestia mucho mas espigada que su metro sesenta y sus cincuenta kilos. A sus 32 años, Mardones parecía de 20. *La media genética, la huevona,* le decía una de sus escasas amigas, porque podía comer como vikingo y mantenerse igual de flaca. De hecho era fánatica de los chacareros con harta mayonesa y ají verde.

Enfrentaba un caso que era una cagada, una enorme y soberana cagada de mamut: la información disponible era tan delirante y poco confiable como verse la suerte con Yolanda Zultana. Demasiados testigos, montañas de declaraciones, fotos trucadas, memes, videntes y hasta magos de escasa reputación. La sociedad se va a la mierda, todos caemos en la misma bolsa de gatos arrojada al río y a nadie le importa, piensa.

No había claridad de cuántos rehenes y secuestradores estaban en el colegio, ni cómo había ocurrido. El escueto *email "Nada de hueveo y resuélvanlo"* enviado por el Ministro del Interior, hizo que toda la prefectura fuera de pronto un gran baile de pollos sin cabeza.

Mardones suspiró y prendió un nuevo pucho con la colilla del que acababa de fumar, exactamente el último cigarro de la cajetilla de Lucky rojo. Mierda, otra vez sin cigarros, pensó. Preguntó a un lindo *paco* con chaqueta de cuero de la motorizada dónde estaba reunido el comando conjunto. Le agradeció con una sonrisa y se fue pensando que en otra ocasión le habría pedido que la llevara en la BMW, abrazándolo por atrás y oliendo el cabello de su nuca. Debería haber aprovechado de agarrarle el poto. Los buenos *pacos* no abundan, se ponen fofos o idiotas o ambos.

En estas instituciones no había necesidad de ver la teleserie, ya disponían de material suficiente. Los que pensaban que en los servicios de Salud había promiscuidad, no habían conocido el lado "verde" de la policía. Aunque muy cuadrados para su gusto, Mardones tenía un respetuoso prontuario de *accesos carnales* con algunos colegas, aunque tenía preferencia por el armamento civil.

¡Enfócate Mardones!, pensó, el fiscal del caso llegaría pronto y mientras tanto, la varita mágica de la delegación de autoridad la había tocado.

Empujó la puerta de la sala de reuniones. La actividad que bullía hasta ese momento, cesó. No corría una gota de sudor. Una microscópica fama la precedía por haber trabajado en el "oscuro" caso del derrame de petróleo en el norte. El mismísimo Inspector General la había contactado para asignarle el caso. Cuando recibió su llamado, en tono serio le dijo "Mardones, vístase y váyase inmediatamente para Montecruz", a lo cual no supo que responder ya que efectivamente estaba descansando su delgada anatomía completamente desnuda al lado de un *amigo con ventaja*. El comentario la hizo mirar para todos lados, por si veía una cámara asomada por el WC.

Se quitó su chaqueta de cuero de mil batallas y depositó su Glock calibre 45 sobre el mesón. En la sala se encontraban los oficiales a cargo de la operación y el Director del colegio, Máximo Burgos.

Era una ensalada verde entre GOPE, OS9, Fuerzas especiales, la policía local y colegas de la BICRIM. Le asombró ver incluso al jefe de Gendarmería, eso era lo que llamaba optimismo. Como le importara algo más que cerrar el puto caso de una vez y salir un ratito en la tele. El Director del Colegio no dejaba tranquilo un crucifijo y murmuraba lo que probablemente serían rezos para la ocasión. Quizás esperaba un milagro, que Jesús apareciera y transportara a los rehenes, salvándolos del mal. Sólo a los que pagaban el diezmo claro está.

La fé de Mardones se limitaba al Hipódromo, cuando su caballo iba medio cuerpo adelante en los últimos cien metros. Ahí se puede conocer el verdadero fervor religioso, en los vociferantes aleluyas salidos del alma de los apostadores. No con aquél que se golpea el pecho en domingo: ese está más perdido que uno. Dios no jugará a los dados, pero si que apuesta en la trifecta.

Miró a los ojos a los asistentes y se presentó.

–Soy la detective Laura Mardones y he sido asignada al caso por el Inspector General de Investigaciones. –Esperó que los rostros de cera asintieran, cosa que no ocurrió. –¿Cuál es la situación señores?.

–Disculpe, hija mía, disculpe. –Dijo el Director Burgos levantándose lentamente. Tomó la silla por el respaldo. –¿No es usted, muy joven para dirigir este predicamento?

–Mi experiencia no es proporcional a mi edad, señor…Burgos, ¿es así?, –replicó la detective. –Ahora si le preocupa además de eso, que yo sea mujer, le puedo asegurar que tengo más pelotas que todos ustedes juntos. –Dijo haciendo con sus manos el conocido gesto técnico para pelotas, dando énfasis a sus palabras. No era la primera vez que tenía que enfrentarse a imberbes como éste. Había aprendido que la pelotudez avanza como el magma y debía detenerse; la idiotez es caos y ella impodría el orden.

El Director enarcó sus cuidadas cejas.

–Yo no intento juzgarla, hija mía, –dijo soprendiéndose el Director. –Tal como Cristo no juzgó a María Magdalena, yo no la juzgo a usted.

–*¿Me está tratando de puta?* –pensó La Detective Mardones.

–Lo que puedo es aconsejarla… humildemente. –continuó el Director. –Usted, hija mía, tiene una misión, debe expulsar al demonio que ha hecho esto, y expiar su alma enviándola al purgatorio: porque quién se apoderó de mi colegio no es una criatura de Dios, es Belcebú mismo quien comanda al pobre muchacho. –Concluyó con voz aguda y el pecho agitado.

La Detective Mardones tenía un talento especial para ver dentro de las personas, quitar máscaras y desnudar el verdadero ser, ese que oculta traumas y secretos. Observó detenidamente al viejo de ojos desencajados y de pulcra cabellera blanca. Sus manos eran increíblemente pálidas y delicadas, como las de un feto. Su postura y sus cuidados modales, el pulcro traje beige, hablaban de un buen pasar. Sin embargo era una fachada que ocultaba una cuna pobre, sus dientes aunque blancos y limpios mostraban la carencia de cuidados en la infancia temprana.

Se zambulló profundo, mas allá de la bondadosa actitud, y penetró en un fango de miedo y algo más. Lo que vió en el Director no le gustó para nada.

—Un minuto, señor Director. —lo detuvo la Detective levantando una mano. —¿Se puede explicar de manera menos bíblica?

—Ese muchacho que ingresó al primero medio…su alma está poseída, y es capaz de hacer cualquier cosa. —Acercó su cara a Mardones. —Ese chico ingresó como un favor al hogar San Francisco de Asís. Se llama Miguel Lieman. Hay mucho más de él aparte de su nombre en el reporte que me entregaron cuando ingresó al colegio.

—¿A quién le ha dicho esto?

—He intentado expresarme con estos caballeros pero ninguno me ha prestado atención; no los culpo dadas las circunstancias. —acusó.

Se elevó un murmullo de disculpas atropelladas.

—Hemos estado muy ocupados buscando las pistas correctas y su información hubiese sido muy útil. —dijo Mardones, cruzando a la otra vereda. No necesitaba divisiones y desconfianzas.

—Muy bien, vamos a organizar el trabajo. Comisario Valdebenito, despeje el perímetro de civiles y periodistas.

—Oficial Serrano, averigue que pasa con el helicóptero. —Dijo dirigiéndose a un moustroso oficial de Fuerzas Especiales.

Una ventaja de ser uniformado, era que todos tenían escrito su nombre en la ropa. No más encuentros incómodos.

Había oído hablar del gigante Serrano, le gustaba la sangre. Le decían el "Prieta" porque usaba el uniforme demasiado apretado. No se lo decían en su cara, porque con sus casi dos metros, un temperamento de la puta madre y sus ganas de armar rosca le tenían asegurado el miedo y el odio de muchos. Decían que su único pasatiempo eran las películas de acción. Steven Segal, Bruce Willis y Chuck Norris eran sus ídolos y se sabía de memoria los diálogos de las películas. Hablaba incluso como cualquier héroe de *thriller*.

—Detective Contreras. —continuo Mardones dirigiéndose al jefe de la BICRIM, —reuna la información disponible y clasifíquela por su relación con el sospechoso, la necesito en 10 minutos. Y ordenen a las empresas de telecomunicaciones que bajen las antenas alrededor del colegio: no necesitamos videos de masacres circulando por doquier.

–A los demás, los espero en la oficina contigua para un informe rápido, esos es todo, señores, ¡diez cuatro!.

–Usted no, General Ratonovic, –Dijo al General de Carabineros de Montecruz. –tome declaración al Director Burgos e investigue todo lo que pueda de este tal Miguel Lieman.

–De inmediato Detective, respondió el General Ratonovic. El general era un perro viejo. Lleno de confianza, capaz de tomar decisiones y ver dónde está el hueso. Vestía impecable, excepto por unas botas embarradas. Sus manos eran callosas, y notó que le gustaba la acción. Su grueso reloj dorado y múltiples joyas, indicaban que tambíen le gustaba mucho el dinero. Eso había deducido Mardones en una primera mirada.

Mardones no se consideraba atractiva, pero si tenia un conjunto de cualidades que la hacían llamativa al sexo opuesto. Era delgada y de facciones finas, excepto por unos labios gruesos y sarcásticos. Su cabello muy negro y de tez casi azul le hacían parecer salida de una película de chupasangres. Sumando esto a su gusto por vestir el negro, se ganó el apodo de "Vampira" apenas cruzó la puerta de la Escuela de Investigaciones. Y fue el blanco de las bromas.

La marginaron por su apariencia y le hacían el vacio como si tuviera lepra. En una oportunidad encontró una toalla higiénica manchada con rojo pegada en el muro de su litera. Nunca le afectaron estas bromas, excepto cuando encontró ajos esparcidos bajo la almohada, lo cual sí la emputeció; tuvo que cambiar toda la ropa de cama y el olor se mantuvo por días. Siempre supo quien fue la bromista, y nunca consideró importante perder su tiempo en ella, pero esta vez la pagaría. Esa misma noche se levantó en silencio, fue hasta el sitio donde dormia la bromista y torciéndole el brazo, la obligó a tragarse más de quince ajos uno por uno, mientras le lloraban los ojos y se ahogaba en desesperación. Santo remedio, después de aquel castigo no hubo más bromas y de eso habían pasado más de diez años.

El Director Burgos caminaba pausadamente detrás del General Ratonovic con las manos a la espalda, brindando la apacible apariencia de un paseo por el parque. Estaba orgulloso de sí mismo y de la paz que irradiaba. Su simpleza y suavidad de modales, era un estilo que había dominado tras años de autodisciplina, luego de una descarriada juventud que lo hizo ganarse los azotes de los curas Franciscanos en el noviciado, le tenían hasta *huasca* propia.

Sonrió levemente al pensar que en la confusión, nadie se había atrevido a desmentir que no había hecho ningún esfuerzo por comunicar sus aprehensiones acerca del sospechoso. Reclamar habría sido inculparse. Objetivo logrado, el nombre de Miguel Lieman, alias "el Chico Mike", estaba en la retina de la policía como el principal sospechoso. Iba a ser una situación dificil, y las consecuencias además de ruines. Serían letales.

El reporte era nitido y había que evitar a cualquier precio que el mocoso soltara la lengua.

CAPÍTULO 3. UNA PERSONA GOLPEABLE

En todos las aulas de colegio del mundo se repite el mismo patrón; los desordenados al fondo y los *nerd* al frente. Ariel Halfmann se sentaba al fondo de la sala, pero se consideraba superior al resto. Era hijo de uno de los mas respetados miembros de la comunidad de la zona, Daniel Halfmman, exportador de uva y productos varios. En la tez clara y cabello castaño rubio de Ariel, se apreciaba una herencia anglosajona que comenzaba a diluirse en la mezcla del homo chilensis. Su contextura atlética, medía un metro setenta y cinco de estatura, facciones aúreas y unos ojos castaños como la miel, lo hacían un tipo atractivo. Sin embargo lo que más destacaba en su rostro eran unos dientes grandes y perfectos, como un héroe milenario que, aunque sangre o se sumerja en el barro, siempre sus dientes brillarán. O como Pepe Cortisona.

Su principal talento era diferenciar dos clases de personas; golpeables y no golpeables. A los primeros se les nota en la cara, así de simple. Tienen un gran *péguenme* escrito en el rostro. El primer día de clases, desparramado a sus anchas en la última fila, observó al recién llegado al primero medio. Venía atrasado. Era un muchacho bajo, y para él, de rasgos indígenas. Vestía un anticuado vestón de escuela básica, un pantalón polvoriento y zapatos sucios y tan gastados, que parecía que acabara de atravesar caminando el desierto de Atacama.

Se regocijó ante el espectáculo. Desplegó una sonrisa con su perfecta dentadura hollywoodense y sacó a relucir su risa de hiena en celo.

—Silencio por favor Sr. Halfmann, —ordenó el Director Burgos, torciendo el gesto.

Ariel le sostuvo la mirada durante algunos segundos, con un desafiante semblante de *Espagueti Western*. Ariel desvió la mirada hacia el recién llegado.

–Mira el *flaite* que nos regaló Santa, Pepe Lucho; parece que nos vamos a divertir mucho con este cara de culo, –murmuró a José Luis, su compañero de asiento.

Desde niño a José Luis, lo llamaban Pepe Lucho, y asintió al comentario de Ariel como poseído por un espíritu con Parkinson, como perrito para auto, de esos que mueven la cabeza. Su familia y los Halfmann habían sido amigas por largos años y desde muy pequeño ha sido abusado por Ariel, a vista y regocijo de su papá, durante esos interminables y terroríficos veranos en el fundo Halfmann. "Para que Pepito Lucho se haga hombrecito, que tan fino que me salió.", solía decir con una papa en la boca cuando Ariel lo hacía morder el polvo, el barro y las piedras.

Su madre solía defenderlo, o al menos lo intentaba. En este núcleo social terrateniente, la gravitación que se permitía a las mujeres era igual a cero. Se las veía como fábricas de guaguas. Cualquier mujer temía la soltería, como la muerte en vida o la esclavitud, se debía optar por el destierro familiar o servir de nana sin paga para los hijos de otras. Como consecuencia, las golpizas eran autorizadas y Ariel tomaba su labor con la seriedad de un profesional de funeraria.

A Pepe Lucho le hervía la cara de vergüenza cada vez que recordaba sus humillaciones. La peor sin duda ocurrió un fin de Semana Santo. Habían estado jugando (o Ariel jugando con él para ser más precisos) en las caballerizas del fundo y al caer la tarde, sin mediar provocación, Ariel lo golpeó en la espalda con el mango de un azadón, arrojándolo al suelo envuelto en una intensa descarga de dolor. Debido al golpe, nunca pudo volver a caminar correctamente y le provocó lumbago crónico que lo acompañó hasta su muerte. Cuando abrió los ojos, Ariel estaba en cuclillas sobre él aprisionando con las rodillas. Riéndose como hiena, le sujetó la cara con una mano y lo amenazó con la otra, sacó su pene y lo obligó a metérselo en la boca.

Fue degradado de su dudosa condición de amigo a menos que una cucaracha. Incluso peor, considerando que difícilmente las cucarachas se dedican a torturarse mutuamente en su tiempo libre. Lo traumó. Era la verdadera carga en su dolorida espalda, una mancha imborrable detrás de sus anteojos, que no lo dejaba ver el mundo con claridad. Estaba seguro que también abusaba de su hermana Ester, y no podía encontrar la fuerza para enfrentarlo. Se preguntaba ¿Qué hacer?, ¿pedirle por favor que pare?, ¿acusarlo? No, siempre se salía con la suya, como un político cualquiera.

Estaba, además, mentalmente adoctrinado por Ariel. Cuando se reflejaba en el espejo veía un cobarde. Y así seguía a Ariel a todas partes. Le compraba Red Bulls en el recreo y le hacia las tareas del colegio. Si se sacaba una buena nota Ariel, le pegaba un fuerte manotazo en la espalda en gesto de agradecimiento (su marca registrada). Si le iba mal…bueno, era mejor que no le fuera mal. Por lo que se esforzaba mucho más para Ariel que para sí mismo, convirtiendo a Pepe Lucho en un estudiante mediocre. Con el tiempo se transformó en una simbiosis perversa, sintiendo orgullo cada vez que Ariel le enrostraba sus buenas notas a los demás y era premiado frente al curso.

Para Ariel era un inmenso favor el que hacía a Pepe como un privilegiado súbdito y mascota personal. Él era divertido y Pepe tenía la oportunidad de reír de sus chistes, asentir a sus buenas ideas y encargarse a cambio del trabajo mundano por Ariel. Ariel se ocupaba de jugar tenis y atajar al arco, ir al Mall y a la discoteque y llevarse cuanta mina pudiera –quisieran o no– a su departamento en el centro de Montecruz. En este deporte necesitaba al Pepe Lucho, como parte del *modus operandi*.

Ariel identificaba una "presa" en la discoteque. La abordaba y convencía o aburría hasta que tomaba algo con él. Utilizaba técnicas manoseadas por generaciones de galanes de poca monta: el tipo sensible, el buscador de consejos, la víctima de un mal amor y otros. Les compraba un trago, de preferencia una piscola bien cabezona, como para botar un toro. Creaba la distracción e introducía tres cuartos de una pastilla de Flunitrazepam o "Rufis", un sedante psicotrópico difícil de conseguir y prohibido en muchos países, pero no en Chile.

Ya conocía la dosis basado en la empírica; la primera vez que probó fue con una cabra chica de octavo del Colegio San Judas. Le puso una pastilla entera y la pendeja vomitó como grifo. La tuvo que dejar tirada en el baño de la disco dominguera. Con la práctica y varias pruebas y error, la dosis era perfecta. El efecto era inmediato; la sacaba a bailar y se daba cuenta de la fase "zonámbulo", las chicas se ponían eufóricas y sudaban como abogado en la cárcel. Les susurraba al oído una frase inicua "saca la lengua" y si la chica obedecía, estaba *ready*.

Ariel le enviaba un mensaje al Pepe Lucho para que acercara el auto. Pepe conducía lentamente y les abría la puerta trasera. Generalmente Ariel lo increpaba por haberse demorado tanto. Como rutina Pepe le daba al Ariel su infaltable Red Bull despabilante. Ariel se tomaba al menos diez al dia. Pepe miraba por el espejo, y en algunas oportunidades tenía la suerte de ver la entrepierna de la chica, a esta altura semi–inconsciente, gimiendo incoherencias entre los brutales manoseos del Ariel, que le dejaría más de un moretón en el cuerpo. Pepe Lucho estacionaba en el edificio de departamentos y esperaba en el auto.

En el departamento Ariel abusaba metódicamente. Les quitaba la ropa y preparaba una cámara de video para documentar sus abusos, videos que guardaba celosamente. Con cada oportunidad, el sadismo y violencia iban en aumento exponencial. Para concluir la noche, le enviaba un mensaje a Pepe Lucho quien tenía la misión de deshacerse de la evidencia.

Según los mandatos de Ariel, debía llevarla fuera de la ciudad, no obstante para Pepe a veces la compasión era más fuerte que el miedo, e intentaba dejar a la chica en un paradero cerca del barrio del Terminal de Buses o a veces en la misma Plaza de Armas. Su temor absoluto eran las ocasiones en que la orden era simplemente que se fuera. Nunca sabía el destino de la chica, y no era quién para preguntar.

***

Pepe Lucho levantó la cabeza. El Chico Mike había ingresado a la sala justo en el momento en que el Director Burgos se disponía a dar la bienvenida a los nuevos estudiantes. Él, Amalia Soto y Francisca Rodriguez. El Director hizo silencio con su mano en alto.

—Hijo mío, recuerde que la puntualidad es una virtud divina. —le dijo a Mike mirándolo a los ojos con benevolencia.

Mike asintió lentamente. Recorrió la sala de clases con la miraba baja. Vió que un rubio pailón en el fondo levantaba insistentemente la mano.

–Bien hijos míos, él es Miguel Lieman, nuevo estudiante de nuestro querido colegio. Miguel viene a reunirse con nosotros en los valores y el amor de Dios. Démosle una afectuosa bienvenida: Ya lo dijo nuestro señor Jesucristo, bienaventurados los pobres porque de ellos es el reino de Dios…. –dijo con elocuencia.

Ariel levantaba la mano insistentemente.

–Si, Sr. Halfmman. –dijo el Director. –cuidado con lo que va a decir.

–Solo quería saber si el alumno nuevo, ¿es boliviano?, porque se parece a mi Nana y ella es boliviana. –dijo con ironía Ariel, provocando unas cuantas risas.

–No, Sr. Halfmman, y aunque lo fuese, lo debemos respetar igualmente: todos somos hijos de Dios. –concluyó el Director. –Ahora hijo mío, pasa a tomar asiento por favor.–dijo indicándole al Chico Mike un pupitre vacio.

Mike tomó asiento frente a la niña nueva, Amalia. Amalia tenía el cabello rizado y de color cobrizo y tan bien peinado que parecía peluca de mono de Lego. Incontables pecas inundaban su rostro como una Vía Láctea, sus ojos eran una extraña joya de color violáceo. Ella le sonrió y era la sonrisa más bella que había visto en su vida. Lo recorrió un escalofrío de arriba abajo y el mundo se volvió hermoso, el corazón le bombeaba con furor y los pantalones le quedaron chicos de repente; evocó a la Cintia y sus fogosos *atraques*; a su madre que antes de sacar pasaje de ida al país de la pasta base, le preparaba pan frito al desayuno; de la vez que lo llevaron al Valle del Arcoíris en Ovalle y comieron asado y se bañaron en pelotas, muertos de la risa; y de cuando encontró al *Totoro*, su amado quiltro café, que perdió envenenado por una mano siniestra. Esa sonrisa era lo más bello que había visto en su vida y además el único milagro que había presenciado hasta ahora en el bendito colegio. Un fuerte manotazo en la espalda lo sacó de su satori religioso.

–!Pffff! oye no puedo respirar, estás más hediondo que la cresta, ¡hueón fétido!. Para venir al colegio hay que bañarse, ¿no te enseñó la monjita?,

—vociferó una voz a su espalda. —Si saltó hasta tierra de la chaqueta roñosa ja ja ja —agregó la voz.

Las conversaciones se acallaron y el murmullo de un motor en ralentí recorrió la sala de clases. El Chico Mike se volvió en cámara lenta y encontró la mueca torcida y burlona de Ariel. Ya había visto muchas muecas como esa, de otros cabros en hogares del Sename, de asistentes sociales, guardias, policías, gatos callejeros y de su propio rostro torcido frente al espejo.

—Y a vó, ¿la "nana" te limpió bien los moquitos? ¿te lava el potito también? —respondió el Chico Mike sosteniendo con calma la mirada de Ariel. Se escucharon algunas risillas ahogadas. Nadie hablaba así al Ariel. Nunca.

Ariel perplejo, tomó unos segundos para entender que estaba pasando. Si estaba seguro, el punga le contestó. Se levantó con furia del asiento, como si alguien le hubiese puesto una plancha caliente en el culo. Mike lo miraba sobre su hombro, de reojo. Ariel, con furia descontrolada, tomó una silla en el aire y amenazó a Mike con ella. En ese momento ingresó a la sala la profesora Mariel Becerra.

—¿Que sucede aquí, Sr. Halfmann? ¿Ya empezaremos el año con problemas? —dijo. Ariel se tomó un segundo más para dejar la silla en su lugar y se dejó caer pesadamente. Le dio un golpe por lo bajo a Pepe Lucho, adivinando una burla secreta en sus ojos.

—Miguel es tu nombre, ¿no? —dijo la profesora. —Por favor toma tus cosas y siéntate al otro lado, con Henríquez.

Henríquez era un muchacho redondo como luna llena que lo miraba con una descarada sonrisa.

—Buena, —le dijo cuándo se sentó a su lado, —me dicen Gorki, no le hagas caso a ese hueón, a nadie le cae bien, es un abusador, un "bullyer". —agregó siseando.

—Un *chicken* será —comentó el Chico Mike, a lo cual ambos sonrieron.

El resto de la mañana pasó con la calma de un bote de papel. De vez en cuando, Ariel miraba hacia la fila del Chico Mike y gesticulaba amenazas, como un ventrílocuo, las cuales contemplaba con aburrimiento. Cuando sonó la campana del recreo, Mike decidió que tenía suficiente por un día y decidió lanzar la bomba de humo, desaparecer.

–¿Por dónde se puede salir de aquí sin irse al infierno?, –le preguntó irónicamente a Gorki.

–¿Te vai de *cimarra*?, –le preguntó.

–No *Little chicken*, quiero ir a la casa y hacerle un queque al Ariel. –respondió sonriendo.

–Ah, vale…ahhh! momento, ¿me estas hueveando cierto?, –respondió Gorki con una sonrisa. A Gorki a veces le resultaba difícil reconocer una ironía, aunque fuese obvia. –te digo solo si puedo ir contigo, –desafió.

–*Valeria*, –dijo Mike concretando el acuerdo.

Fueron los primeros en salir a recreo y furtivamente, como dos experimentados ninjas, salieron del colegio por una serie de pequeños pasadizos del sector de los kínder. Caminaron mucho rato arrastrando sus mochilas. Salieron del atestado centro y el comercio, rumbo al barrio norte. Al rato, al cruzar un terreno baldío, Mike sacó un *huiro* para compartir con el Gorki, quien hasta ese momento, hablaba sin parar. Confesó que nunca había fumado, y que *no estaba ni ahí* con tener amigos, así que se dedicaba a jugar con un viejo computador y a fabricar circuitos electrónicos.

Le contó que siseaba, porque luchó en una gran pelea una vez y al final le habían pegado un cadenazo maletero, que le rompió todo lo que se llama boca y alrededores… a los diez segundos confesó la verdad, y que tuvo un labio leporino mal reparado en el servicio público. Vivía con sus papás en el barrio Norte, que su papá era de Andacollo y como veinte años mayor que su mamá. Los que no lo conocían, pensaban que era su abuelo. Su papá se trastornaba y los invitaba a que se lo repitieran en la cara. Nadie con mas de una neurona se atrevía, porque medía también unos buenos veinte centímetros más que el promedio. Sus papás trabajaban en la Feria Modelo y le iba bien. Esa era la vida del Gorki el fin de semana, ayudaba a vender las papayas, las paltas y los higos que compraban por los campos. Imitó el grito de guerra feriano: ¡Papaayapalalo'higo caseraaa!. Casi lo deja sordo. Por eso no tenía muchos amigos, los compañeros del colegio apartaban la vista avergonzados cuando andaban con sus padres en la feria y Gorki estaba en el puesto, embetunado de tierra. Después de quemar el *huiro*, Gorki se quedó *piola*.

–Te fuiste *pa' entro*, –le dijo Mike. Eran las cuatro de la tarde y caminaban lentamente como en la luna, entre los terrones, la maleza y las latas de cerveza que alguna vez tuvieron una marca y un mejor pasar. El sol de marzo aún era capaz de freír cóndores y el brillante día les hacía ocultar la vista, como avergonzados frente al Sol por hacer la cimarra. Escucharon el lejano traqueteo de un avión que formaba una estela recta a su paso, una blanca baba de caracol en el azul eléctrico del firmamento. Mike miró hacia arriba guiñando los ojos y formando una visera con su mano para seguirlo.

–!Pa'dónde vaaan!, –gritó Gorki en dirección a la aeronave. Mike lo miró y se dio cuenta que estaba totalmente *volao*, sus ojos habían desaparecido y en vez, tenía dos líneas, parecía un murciélago, y una sonrisa estúpida le cubría la cara. Se veía tan chistoso que lo hizo dar una carcajada. Gorki se contagió y ambos rieron como orates hasta que les lloraron los ojos y les dolieron las mandíbulas. El Chico Mike tosió hasta que quedó sin aire y una vez que se calmó, contempló alrededor. Se encontraban en un sitio eriazo, Estaban en medio de lo que alguna vez fue una cancha de tierra, el *peladero* marciano del Unión Montecruz, donde alguna vez se disputaron partidos a muerte y se defendió el honor a combo limpio y navaja y se linchó a más de algún árbitro. Estos sitios eriazos que rodeaban la parte norte de la ciudad de Montecruz, eran sitios que ya se encontrarían, sin saberlo, entre los planes aún no germinados del Chico Mike.

CAPÍTULO 4. EL OJO

El Chico Mike aterrizaba cada tarde en el salón de pool el "Tío Toly", gracias al acto de prestidigitación que le enseñara Gorki para escapar del colegio. El salón de pool ubicado en el barrio del terminal de buses de Montecruz, era calificado como peligroso por la ciudadanía que se refería al lugar como lo más pinganilla, donde pica la jaiba y mueren los valientes.

Quedaba específicamente, en el segundo piso de un cabaret de mala muerte llamado, quizás irónicamente, el "Lolitas", donde la menor de las topleras había visto extinguirse a los dinosaurios. En este salón se reunía lo más excelso de la *socialité* de la ciudad; vendedores ambulantes, sapos de micro, motochorros y expertos en desplumar incautos, a la orilla de las cunetas, en el popular juego "Pepito paga doble".

El Chico Mike confiando en sus habilidades y haciéndose el despistado, apostó sin tener ni una luca, a un conocido lanza del sector, el "Ojito de Peluche". El Ojito era un tipo de contextura delgada y porte similar al del Chico Mike. Se enorgullecía de su cabello ondulado, por aquellos días la moda delictual pasaba por peinarse a lo cantante de cumbia villera. Finalmente, una nariz de flecha quebrada, completaba el conjunto de un rostro machacado, curtido y esculpido en la calle. Artista del disfraz y el camuflaje, con el talento de interpretar a cualquier personaje de la televisión o del cine B. Para perpetrar sus atracos se disfrazaba de ejecutivo, vendedor ambulante, mendigo, turista y cierta vez de mimo.

El Ojito había retornado al país recientemente luego de una meteórica carrera internacional. Capturado y deportado de España como miembro de la pandilla que asolaba la Plaza Mayor de Madrid, se fue a "trabajar" a Buenos Aires. En el metro de la ciudad fue objeto de una detención ciudadana. Estaba a punto de sacar la billetera de un *bonaerense* cuando un pasajero lo advirtió. El *subte* recién había entrado al túnel. Por alrededor de cinco minutos recibió piñas y golpes de pies, puños y dientes de parte de un numeroso y heterogéneo grupo de porteños al ritmo del tango. Una abuela lo golpeó con una pesada cartera llena de remedios, placas dentales y un objeto no identificado, pero que hizo especular al Ojito por mucho tiempo. Este objeto lo golpeó directamente en el ojo, de manera que le hizo saltar el globo ocular de su cuenca. Solo él se percató, al contemplar la realidad desde dos ángulos completamente diferentes, como un camaleón. Su última visión fue ver el tren ingresando a la estación antes de perder el conocimiento.

Se enteró mas tarde que la golpiza continuó en el andén, con *la Yuta* mirando de brazos cruzados. En uno de esos golpes fue cuando el yo–yo ojo derecho que colgaba fuera de su órbita, salió despedido como boleadora y fue a dar a las mismas líneas del tren subterráneo, donde una rata degustó de esta rara delicatesen. Fue detenido y llevado al hospital público donde le sanaron la herida y le dieron un ojo de vidrio sucio, rayado y de mayor tamaño, tan rayado como si lo hubieran usado para jugar a la troya.

Sin embargo esto no le impedía ser un gran jugador de pool como estaba a punto de averiguar el Chico Mike. Abrió la mesa el Ojito, bola blanca, chuza a la hepática bola uno y directo a la buchaca. El Chico Mike miró al bizarro Ojito, con su tremendo ojo derecho mirando para cualquier lado: la verdad es que el hueón desconcertaba. –Tuerto re–rajudo.– dijo.

A partir de la negra: bola ocho, la mesa perteneció al Chico Mike. Cantó cada bola y no tuvo compasión del Ojito, lo dejó pillo varias veces y ya en la bola once estaba arriba por cincuenta puntos. El Ojito al verse perdido, tiró el taco al suelo con estrépito y sacó una cortapluma que clavó a velocidad luz en el cuello del Chico Mike. El Chico Mike no se inmutó.

Lentamente sonrió. El Ojito guardó la cortapluma con la misma rapidez de galgo, y se despachó una carcajada. Siempre el mismo show.

Se tomaron varias frías de litro. Con exactamente un metro cuadrado de chelas perpetuaron su amistad. El Chico Mike se escabulló del Ojito, ya que podía estar horas contando sus aventuras, como un juglar pendenciero y mentiroso. Le contó que estando en el hospital en Buenos Aires, luego de la paliza en el *subte,* lo visitó un amigo del hampa porteña junto con la esposa.

"La pulenta Chico Mike, el chorro 'taba vestío terrible deportivo herma-no, la pulenta, tapao en oro, tapao con oro. Me dijo Ché Ojito, mirá, la media petera, es mía, che. ¿Está buenísima, la mina, no?. Mirá que cola…sabés, Ojito, bailará para vós. Yo no la creía, Chico, abría el ojo bueno mientras la media mina se empelotaba y bailaba sensual. Iba a tirar la mano y el chorro me dijo: Ché Ojito, si intentás tocarla hijo de puta, te arranco el otro ojo y te lo meto en el ojete. Le agarró el culo a la morena y me miró: Esto, Ojito, esto; es sólo para el Rey, el verdadero Maradona".

***

El Chico Mike salió del salón de pool, con una sonrisa estampada en la boca, palpando en el bolsillo las cinco *lucas* que le ganó al Ojito. Eran casi las ocho y el sol de octubre continuaba democráticamente achicharrando por igual a poodles y perros callejeros. Pensaba en lo rápido que había transcurrido el año, como si hubiese cruzado un portal en el tiempo, a través de un agujero de gusano.

Parecía ayer cuando había entrado al colegio y había trabado amistad con personajes inesperados, su primer amigo el Gorki y el amor de su vida, Amalia. Gorki se había quedado solo, sus papás se habían ido a la fiesta chica de la Virgen de Andacollo, y se le había ocurrido nada menos que dar una fiesta a todo trapo. Estaba todo el curso invitado, menos el pelotudo del Ariel y su lacayo Pepe Lucho. El Gorki, que prendía con agua, estaba al borde del colapso nervioso. Mike asistió asombrado al despliegue de creatividad de Gorki; había bajado de Internet miles de canciones, fabricó bolas de disco hechas de pelotas de plumavit y una espectacular máquina de humo. La artesanía comprendía cobre y resistencias de cuarzo, como le explicó al Chico Mike. "Con todo lo que fumai, debería contratarte a vó' como máquina de humo" le dijo.

Al Chico Mike le dolían las muelas al recordar lo que había hinchado Gorki para que le confirmara la asistencia; intentó todas, enojarse, suplicar, le habló de festines y orgías, le habló de minas ricas y ahí fue cuando tocó una cuerda en Do mayor en el Chico Mike. "¿Va la Amalia?", preguntó Mike sin poder disimular una sonrisa. "Claro que sí, se va a quedar a dormir en la casa de la Elenita". Algo que tenía Gorki, aparte de sus talentos para los cables y computadores, era capacidad para la copucha, si alguien sabía algo, ese era Gorki.

El plan de Mike era pasar por la botillería y bar clandestino "Donde El Beni" localizada en una esquina estratégica de la población y contigua a la capilla. Un pequeño bar con un estrecho pasillo, que se transformaba en un espacioso antro rodeado de cientos, miles de jabas de cerveza, adornado con un collage de cachos de buey y guitarras antiguas, la pasión de Don Beni. Era fácil entrar, pero difícil salir. Era un portal multi–dimensional camuflado de boliche, un agujero negro donde el espacio–tiempo perdía todo sentido. Podías entrar a media tarde y salir también a media tarde, pero del invierno siguiente y sin siquiera notarlo. Mike no era un habitual, pero le gustaba pasar a veces a jugar a la brisca y escuchar los guitarreos con los que amenizaba la juerga el mismo Don Beni, reconocido políglota musical, quien tocaba lo que le pidieran. El Chico Mike le pidió en broma una de Los Prisioneros, y Don Beni se mandó sin desafinar *Paramar*, "Que te creí cabro hueón, el día que no me sepa una canción cuelgo la guitarra". Mike miró los muros y contando las guitarras colgadas, Don Beni no había sabido la canción sólo dos veces en su vida.

Antes de despedirse de los parroquianos, compró con las cinco *lucas*, un bidón de pipeño marca *Condorito* y pasó al bazar de El Negro por unos jugos en polvo, el otro ingrediente necesario para la alquimia y hacer el pipeño digerible. Ya tenía el arsenal necesario para aparecer donde El Gorki.

Conforme lo planeado debía ingresar el bidón camuflado por la parte trasera de la casa. Pronto darían las diez y seguro que el Gorki andaría más saltón que monja con atraso, pensó. Tomó la micro, y después de pasearse por medio Montecruz se dejo caer en la esquina de la casa del Gorki. Volvió a pensar en lo rápido que había pasado el año; el verano estaba cerca y aún así, podía tocar los primeros días de clase. Sabía de sobra que el motivo de esa sensación era Amalia.

Ni siquiera con la Cintia se había sentido así. Desde el primer momento en que Amalia le regaló su cálida sonrisa, se sintió transportado a un lugar brillante y de colores más vivos. Desde ese día se inició una amistad y lo trató siempre con mucho cariño, ayudándolo en las materias e integrándolo en los grupos de estudio. Gracias a ella llegó a conocer a algunos de sus compañeros de clase y era medianamente aceptado en el curso, siempre claro, con el estigma del niño pobre que siempre andaba con las mismas camisas percudidas, que el mismo lavaba con jabón *kopito* cada fin de semana.

Sin embargo el Chico Mike irradiaba simpatía, y fiereza que sus compañeros comenzaron a respetar desde el incidente de la excursión al Parque Fray Jorge. Desde aquel día Mike conquisto el respeto de los demás.

Cuando Mike se acercó a la casa, la fiesta estaba a todo dar. Dejó caer el bidón de pipeño por el patio trasero y casi golpeó a una pareja que reaccionó riéndose a carcajadas. En los parlantes retumbaba la voz del Alvarito España y su Ron Suicida, y al entrar vio como todo el mundo estaba saltando y dando vueltas en una centrífuga humana.

El *Megamix* de Gorki convirtió la fiesta en un carnaval con las cumbias de Chico Trujillo, y Mike fue arrastrado de la mano de Amalia, antes de que pudiera pensar en decir que no. Amalia era una elfa de rizos rojos de fuego y un hermoso vestido de noche compuesto de muchos verdes, como un bosque patagónico después de la lluvia.

Era la primera fiesta de su vida y no tenía idea como bailar, pero la elfa Amalia lo guiaba, lo tomaba de las manos y lo hacía girar en el aire con una agilidad sorprendente. Él se enredaba y terminaba con los brazos doblados en la espalda, ella reía con una carcajada de gatito, lo soltaba un segundo y lo volvía a hacer girar, luego le ponía sus manos en la cintura y lo hacía sentir el movimiento de sus caderas, se acercaba, le pegaba el cuerpo momentáneamente mientras lo cambiaba de lugar. De pronto no sabía ni donde estaba, hipnotizado por su vestido veraniego, tocarlo era más suave que el cariño y le permitía contemplar generosamente los muslos blancos de pollito de supermercado.

En ese instante se escuchó una imitación de aullido de lobo en la entrada, y supo que lo mejor de la noche había terminado. Ahí estaba Ariel con Pepe Lucho detrás. Tenía la cara tan distorsionada por la coca que parecía muñeco de cera. Apretujaba sin parar la mandíbula y fumaba como si fuera el trabajo mejor pagado del mundo. Se movía con gestos violentos y exagerados.

Ariel extrajo una petaca de pisco de entre sus ropas, tomó un largo trago al seco y volvió a aullar. Caminó al centro del patio y se puso a saltar y a empujar a las parejas que se habían formado. Se detuvo y miró alrededor. Se fijó en Amalia, que estaba inconscientemente escondida detrás de Mike. Se acercó a ellos y los miró con desprecio.

–Te voy a dar la oportunidad de bailar conmigo, –le dijo a Amalia, estirando la zarpa para tomarla por la cintura. Mike instantáneamente empujó a Ariel con el antebrazo, éste, retrocedió trastabillando algunos pasos. Ariel pegó un grito simulado de kárate y lanzó algunas patadas al aire, intentando parecer un consumado experto en artes marciales, en su patética condición, resultó una parodia de lo colocado que estaba.

Mike no se inmutó por el teatro simiesco y se quedó mirándolo como un viejo vaquero. Su mano se transformaba en una piedra. Amalia lo notó y le tomó el puño cerrado, consciente que a Mike ese tacto lo tranquilizaba. "Hablaré con él para que se vaya", dijo mientras caminaba hacia Ariel. El Chico Mike iba a reaccionar pero Amalia tomó a Ariel por los hombros y pareció poder calmarlo. Ariel comenzó a caminar a la puerta de salida.

Pero de pronto todo se hizo lento, como si ocurriera bajo el agua. En una fracción de segundo, Amalia gritó, Ariel tomó el vestido de Amalia por el escote y lo desgarró completamente, dejando a Amalia en ropa interior.

–¡Que te crees dándome órdenes maraca! –gritó Ariel. En la misma fracción de segundo Mike corrió y dando un salto, le dio un puñetazo en la cara con todas sus fuerzas. Amalia, se tapaba con una mano y con la otra evitaba que el Chico Mike siguiera golpeando a Ariel. Acto seguido Gorki apuntaba la máquina de humo a la cara del Ariel, provocando la risa histérica de los invitados. En el segundo acto, Ariel se levantó lastimosamente y con la boca sangrando, se llevó de la solapa a Pepe Lucho fuera de la fiesta, mientras que a la Amalia le corrían lágrimas de una pena incontenible, y las compañeras de curso se apresuraban a cubrirla improvisadamente.

Escucharon la trifulca en la calle y corrieron en grupo fuera de la casa. Vieron como Ariel pateaba a Pepe Lucho, que se enroscaba en posición fetal como queriendo volver al útero de su madre. Al ver a Mike, Ariel corrió calle abajo, gritando amenazas y dejando a Pepe retorciéndose y sin poder respirar. Mike lo tomó por las axilas para darle aire a sus pulmones.

—¡No seai *pollo*, no le aguantí más a ese hueón!, ¿no veís que es un cobarde?— dijo Mike apuntando a la oscuridad que se había tragado a Ariel.

El show había terminado, y los invitados volvieron a la fiesta, dejando a Mike en cuclillas frente a Pepe Lucho quien, apoyando su codo en la vereda, trataba de respirar normalmente.

—Escúchame, los matones siguen siendo matones hasta que alguien les para el carro. Este hueón no dejará de molestarte; al contrario, se va poner cada vez más violento hasta te que deje paralítico o te mate. —dijo.

Pepe Lucho rompió en lágrimas, hastiado. Tapándose la cara y en un acto de purificación interior, le contó a Mike todo lo que había sufrido durante años, incluso el abuso que lo había marcado de por vida.

Mike se quedó pensativo por una eternidad. Sacó un cigarrillo. A lo lejos se escuchaba un ladrido y apenas percetibles, las conversaciones al interior de la casa.

—Te ayudaré a cobrarte de este saco de gueas. —sentenció, mientras le daba la mano para ayudarlo a ponerse de pie. Un brillo demencial cruzó por los ojos de Pepe Lucho. Asintió con una sonrisa, mientras secaba la sangre de su labio que comenzaba a hincharse como prieta.

En eso apareció Gorki, estaba borracho y los abrazó a ambos.

—Pepe, ¿te acordai el año pasado cuando nos llevaron a la reserva en Punta de Choros?, ¿Se acuerdan de los pingüinos?. —Cambió su voz a locutor de documental, en español de españa. —El pingüino de Humbolt durante la época de empollamiento, deposita sus huevos en lo mas alto de la corniza…—imitó Gorki.

Pepe y Mike rieron ante la broma.

—Cabros, acuérdense de los pingüinos. Sabían que se iban a sacar la chucha del cerro, pero igual se tiraban hacia el mar. Y abajo los esperaban los lobos marinos para comérselos. ¡Puta' los pingüinos pa valientes! Eran kamikazes. Y así estamos nosotros, como esos pingüinos suicidas. Tenemos que unirnos contra este monigote, somos pocos… ¡bah! no somos nadie, y seguro que el Ariel tiene ayuda, tiene hasta guardaespaldas… ¡Pero somos valientes! Y que, nos matan no mas po, que tanto, ¡somos pingüinos suicidas!. —concluyó ante la risa de ambos.

Apoyada en el umbral de la puerta de calle, Amalia lo esperaba. Vestía un suéter de Gorki, era el triple de su tamaño, tenía los ojos rojos y el rímel corrido. Había llorado con mucha pena, más que todo, por su mamá, que se había esforzado tanto cosiendo el vestido. Mike se aproximó en la penumbra de la noche. Sonrió y torpemente, le besó los párpados, uno a uno. Con el sabor salado de sus lágrimas, sintió la expiación de tantas otras que rodaron por su propio rostro, silenciosas como el rocío, en muchas de sus noches desoladas. Amalia se colgó de su cuello, hundiendo la cara en su pecho.

Se besaron largamente bajo el suave rayo de luz del poste mientras en lo alto, se calcinaban las polillas.

CAPÍTULO 5. LA CÁPSULA DEL TIEMPO

En la calle, bajo un viejo afiche
en que se leía "Jesús salva" vive una familia.
Y en la vereda del frente viven los ricos
y me hace pensar tantos que pierden
y tan pocos que ganan.

Poison

El hard rock de "Poison" sonaba en la radio local "Montecruz FM" y la detective Laura Mardones pensaba que el país completo se encuentra irremediablemente atrapado en los años ochenta. No solo se escucha la música sino también se vive con la mentalidad de hace veinte años. Los verdaderos héroes patrios son Gustavo Cerati y Jorge González, y el Himno Nacional es "El baile de los que sobran". Y total, la patria es un invento, como dice Martín H.

Este es el legado de Pinocho, generaciones que repiten las canciones del pasado tratando de recuperar lo irrecuperable. Este karma musical es aprovechado por las productoras, que se hacen el pino trayendo artistas en abierto estado de momificación, o en combinaciones de bandas que en el pasado hubieran sonado a blasfemia, y que sólo se habrían gestado en manicomios o en misas negras para invocar demonios. En la actualidad una serie de engendros musicales se paseaban incansables desde San Pedro a la Patagonia y desde el Las Termas del Flaco al Muelle Barón, presentándose en diferentes festivales de Viña, del choclo, de la uva, y hortalizas varias, desplazando a las tinieblas a toda una gama de "dobles de". A Mardones la pudrían todas estas sanguijuelas, era una melómana–talibana que prefería el maldito rock en dosis de discos originales. En esos años, el muchacho que acaba de secuestrar el colegio ni siquiera había nacido.

Mardones llevaba un largo rato encerrada en la sala de juntas médicas, sala testigo de muchas operaciones nocturnas a *calzón quitado* de los profesionales de la salud. Descansaba sus pies sobre una silla, moviéndolos rítmicamente dentro de sus bototos, absorviendo el legajo que había recibido por correo. El asunto del correo era "RE: RE:re:re:RE:RE:RE:...", claramente lo había recibido de las últimas y había tenido que insistir mas que en ventanilla de Fonasa para que se lo enviaran.

El adjunto era un antiguo reporte policial escaneado. Se adivinaba el relieve dejado por los pequeños martillos de la máquina de escribir sobre el papel roneo. No había visto este tipo de papel desde la escuela, por allá por el ochenta y algo. El roneo había jubilado de las escuelas junto al papel celofán, infaltable para las disertaciones del mes del mar, o el papel mantequilla usado para copiar mapas y que venía en las cajas de zapatos. El más recordado para ella era el papel calco. Se lo robaba a su papá del escritorio, antes de su desaparición, solo por el placer de calcar cualquier cosa de un diario o una revista.

Le hubiese encantado meter su mano en la pantalla y palpar ese viejo reporte, olfatear ese antiguo informe del ochenta y dos. Aquel año ella se encontraba en la Escuela de Niñas de Salamanca. En el corazón de la escuela había un gran patio de tierra, polvoriento, sediento, sin una champa de pasto, que asemejaba una planicie marciana. Excepto por un único y solitario árbol: era alto como una torre, y tenía el tronco tan grueso como el dedo de un gigante, donde en uno de los tantos juegos de los que era partícipe, era apenas abrazado por una docena de niñas. Un árbol de moreras, fruto que disfrutaban los primeros meses de clases y los últimos del año.

Para ella aquél enorme árbol significó la transición precoz a la adolescencia. Sólo le interesaba treparlo y alcanzar las deliciosas frutas que se mecían en las altas ramas. Era la más rápida y se encaramaba como un pequeño simio. En una gloriosa ocasión logró conquistar la copa del árbol, que se mecía con vientos ajenos a los que pisan la tierra. Cerró los ojos y respiró la profunda paz y el silencio de ese lugar, y su mente lo atesoró como un precioso recuerdo. Y lo visitaba en la vigilia. Tal cual ocurrió en realidad, en el sueño despertaba cada vez que el inspector gritaba "¡*bájate cabra de mierda!*". Asustada tuvo que dejarse caer raudamente rama tras rama, golpeándose. Por eso no le extrañó la ausencia de sangre la primera vez que tuvo ese sexo rápido y torpe con el primo lejano de Santiago, mientras jugaban a la "escondida china". Ya había regalado su virginidad al árbol, a cambio de su deliciosa fruta, y la confirmación que existe un lugar pacífico en la tierra.

Ese fue el precio que tuvo que pagar, y sería un precedente en su vida; siempre tuvo que luchar para salir adelante, contra todo y contra todos. Sin embargo para su carácter decidido, no eran más que desafíos. Cuando algo resultaba demasiado fácil lo desechaba, le aburría, quería alcanzar la copa del árbol, pero no quedase en ella sino trepar al siguiente.

Aun así, el informe la dejó molesta, como un repentino dolor de ovarios. Que el chico mencionado como el sospechoso por el Director Burgos fuera el hijo de uno de los más bullados delincuentes de las últimas décadas le pareció mas que una coincidencia; una evidencia abrumadora. Era ciertamente la línea investigativa, y marcaba una senda peligrosa, mucho mayor de lo que había presupuestado. ¿Miguel Lieman había seguido los pasos de su padre? ¿Se había criado bajo la tutela del mas afamado asaltante de bancos?

Coincidentemente ella había hecho una investigación del atraco al Banco de Talca para una clase en la escuela de la PDI. No el asalto cuello y corbata. Esta había sido un robo a mano armada. Recuerda que le llamó la atención la inteligencia y audacia del solitario asaltante. Se las arregló para atraer la atención de la policía lejos del banco, colocando barreras de "hombres trabajando", mientras dentro, hacia las de las suyas con la calma de un jubilado tomando sol en la plaza. Ese fue su error, se confió demasiado. Al momento de huir el banco se encontraba rodeado. Salió disparando a diestra y siniestra. Tiraba a matar. Consiguio escapar con el botín a pesar de la lluvia de balazos policiales.

Ramón Lieman, era el nombre del implicado en el asalto. El expediente mencionaba como presunto origen el norte de Chile, donde tendría allegados. La investigación de aquel entonces había arrojado pistas de que la familia vivía cambiando de lugar, escapaban de la llamada "Ley maldita", ya que su abuelo fue militante comunista de los duros, de los tiempos de la pampa salitrera y de Luis Emilio Recabarren, donde lo habían detenido y fichado como activista y promotor de huelgas mineras.

Luego del robo se había refugiado en el Cajón del Maipo, cerca de Santiago. Ramón alcanzo notoriedad a temprana edad en el mundo del hampa y tenía un prontuario bastante más abultadoi que Pablo Escobar. Era conocido por su violencia y gran temeridad. Con los años se ganó el apodo de "El Toro Lieman" por su afición a bramar como uno. Luego del asalto al banco de Talca, donde finalmente tomó tres vidas policiales, fue buscado por todo el país incluso con apoyo del ejército y encargado a la Interpol. Uno de los policías caidos era el hijo de un general de ejército de la época. En su huida asesinó a más personas, ganándose el repudio de quienes alguna vez lo protegieron.

Como era de conocimiento popular, su historia terminó trágicamente cuando un cazador de conejos lo encontró de madrugada, durmiendo a la intemperie, en los faldeos cordilleranos, en el Cajón del Maipo. El conejero lo reconoció y no dudó en destrozarle la cara con el martillo para armar huaches. Su familia había sido víctimas del delincuente, quien había violado a su esposa e hija.

La detective Mardones se levantó y escribió "Post–its" con los nombres de los sospechosos, actores y sus lazos. Al escribir el nombre del Director Burgos, tuvo un desasociego, un presagio. Había algo que la inquietaba en el modo de actuar del Director, la elocuencia y la rápidez con que señalo como culpable al cabro nuevo. Y, que todos los demás aceptaran la idea sin cuestionarse demasiado. En particular Ratonovic, que parecía secundar cada palabra. A menos que tuviera conocimiento de información que ella hasta ese momento desconocia. Volvió a leer detenidamente el informe. Las notas tenían una secuencia ilógica de la página cinco a la seis, como si hubieran borrado una parte. Alguien había metido manos.

En ese momento la distrajo un golpe en la puerta.

–Tiene que ver esto, –dijo el General Ratonovic asomando la cabeza.

Ella asintió torciendo el gesto. En el centro de operaciones, las cabezas se agolpaban en la pantalla de un computador. En ella se manifestaba la imagen de un cabro chico de cabello negro y de rostro con un manifiesto legado indígena. Hablaba directamente a la cámara: "Me llamo Mike, y soy delincuente"…

CAPÍTULO 6. PINGÜINOS SUICIDAS

Gorki tenía el trasero acalambrado. Llevaba tanto rato sentado en aquel duro banco de la Plaza de Armas de Montecruz, que sentía como si ejércitos de hormigas caminaran por las partes más íntimas de su redondo cuerpo.

El reloj marcaba más de dos horas al acecho. Hasta él se había quedado sin nada que decir. A su lado un silencioso Chico Mike, fumaba y observaba fijamente a la vereda de enfrente. En este lugar estaba el edificio de departamentos donde Ariel hacía de las suyas. De acuerdo a lo planeado, esperaban un mensaje de Pepe Lucho cuando se aproximaran al departamento.

De pronto recibieron un críptico mensaje: "novata." Se miraron. No tenían la más remota idea que quiso decir Pepe Lucho, y estuvieron de acuerdo que no era el momento para preguntar. Debían esperar.

El Chico Mike estaba en cuclillas sobre la banca, observando, como un zorro que escudriña un gallinero. Gorki lo miraba de reojo. La máscara de pingüino asomaba en el bolsillo trasero de su pantalón. Aunque le dolía todo el culo y alrededores, no tenía sueño, su cerebro estaba a toda máquina pensando en las consecuencias y bifurcaciones de sus posibles acciones. Después de varias semanas de *cranear* entre el Chico Mike, Gorki y Pepe Lucho, habían ideado un plan. Amalia había querido unirse a los conspiradores, autollamados "Pinguinos Suicidas", sin embargo después de mucho discutir con el Chico Mike se quedó al margen, pero no por decisión del Chico, sino por lo mucho que le costaba pedir permiso para salir de noche.

El plan era simple, pero tal clavadista olímpico dependía de una ejecución perfecta. Iban a recabar las pruebas de los abusos que cometía Ariel y lo denunciarían. La evidencia vital eran los videos con los que inmortalizaba sus violaciones.

En el aquelarre de cada sábado del mes, Ariel visitaba discoteques y locales de Montecruz, en busca de chicas que drogar, para tener su fiesta privada en el departamento. La mayor parte del tiempo, iban en estados lastimosos, semi inconscientes, prácticamente echas pebre. Pepe Lucho sabía que Ariel grababa estos encuentros en una cámara Gopro, y las tarjetas de memoria catalogaba y guardaba celosamente en una caja fuerte en su departamento.

De acuerdo al plan, necesitaban primero, las llaves del departamento y segundo la clave de cuatro dígitos de la caja fuerte. Para el primer acto, pensaron que sería fácil ya que Pepe Lucho lo podría hacer en uno de sus multiples mandados. Pero se confiaron y el tiempo escurrió veloz e implacable y Pepe Lucho casi tuvo que inventar un pretexto para llevar las llaves a copiar. Emocionalmente tampoco fue fácil, sentía que el corazón le estallaría como piñata de cumpleaños. La voz de su inconsciente susurraba que traicionaba la mano que lo protegía.

El cerrajero tenía tremendo tufo alcohólico, a Pepe Lucho le dio miedo que pudiese derretir las llaves con el aliento. Mas encima, era copuchento como presidenta de centro de madres. El viejo sapo examinó las llaves con detenimiento.

—Estas llaves son rebuenas, no las había visto por aqui po cabro. Ummm, son de seguridad. ¿de donde son?. —le dijo.

—Son de mi casa, caballero. ¿Las puede copiar o no?. —contestó tembloroso Pepe Lucho.

El viejo lo miró con suspicacia. —Si las puedo copiar. ¿y donde vives?. —interrogó el viejo anfibio.

—¡Puta que es metío caballero!, cópielas y listo. —quiso terminar el interrogatorio Pepe Lucho.

—Mira mocoso, te iba a cobrar cinco lucas, hasta cuatro te podría haber dejado el trabajo. Pero ahora cagaste, el precio acaba de subir a diez lucas, tómalo o ándate a huevear a otro lado que me dio sed. —era la última palabra del beodo cerrajero.

Pepe Lucho solo tenía un billete de cinco y algunas chauchas. Entre ellas tenía una moneda de diez pesos de las antiguas, con el ángel de la dictadura por una cara. Sudaba, sabía que solo tenía una oportunidad.

Dejó caer la moneda sobre el mostrador y aspiró aire como si fuera a sumergirse en las profundidades del mar.

—Tiene suerte caballero, mire. Esta es la moneda del ángel, ¿la ha visto?. —el viejo asintió. —Esta moneda la mandó a fabricar Pinochet y después cuando llegó la democracia las mandaron a eliminar para que nadie recordara la matanza que dejó la dictadura. Mi papá es coleccionista y me mandó a cambiarla al Banco Estado. Me dijo "Después de sacar la copia, anda al banco. No aceptes menos de veinte lucas. Vale el doble, pero estamos patos". —dijo Pepe Lucho. El viejo corsario intentó tomar la moneda. Pepe Lucho se le adelantó y la puso entre sus dedos.

—Hagamos un trato, se la dejo en quince lucas. Mejor, usted me iba a hacer una oferta, asi que se la dejo en doce. Deme la copia y dos luquitas y se la queda. Bien vendida le puede sacar hasta cuarenta lucas.

Hubieron algunos segundos eternos, donde el Universo implosionó y volvió al mismo momento.

—Ya trato. —dijo el viejo. Y se abocó a copiar las llaves.

Minutos mas tarde Pepe Lucho caminaba con las copias en el bolsillo, dos lucas extra y preguntándose de donde cresta había salido todo eso.

El segundo acto, la clave de la caja fuerte fue imposible de conseguir. Intentó pasar mas tiempo en el departamento, haciéndole preguntas, adulando al Ariel aun mas. Intentó aproximarse por atrás y creyó ver un par de números. Estando Ariel en el baño en una ocasión, intentó un par de combinaciones pero no resultó. Ariel podía comenzar a sospechar. Se detuvo. Tendrían que buscar otra manera.

Este fue el gran dolor de cabeza para todos, el plan no cuajaba sin la clave.

Estaban reunidos un día cualquiera en el recreo. Gorki destapó una lata de Coca Cola y le introdujo unos cuantos M&Ms. El Chico Mike lo miró lo miró sorprendido y asqueado por tamaña aberración, pero también recordó la rutina que Pepe les había contado: al subir al auto luego de una "abducción", Pepe Lucho siempre le tenía que dar una Red Bull al Ariel. Decidieron darle un poco de su maldita medicina.

El toque final al plan lo dio Gorki. Apareció un día con unas máscaras de pingüino, de esas de cumpleaños. Insistió que las debían usar en caso de que algo fallara, así Ariel no podría reconocerlos. "Yo creo que te gusta el hueveo no más", le había dicho el Chico Mike, y todos estuvieron de acuerdo.

***

Ya llevaban mucho rato en la Plaza, y Gorki creía que le estaba saliendo pasto cuando vieron el Kia Cerato del Ariel doblando la esquina. Pepe Lucho pasó al volante, tieso como chuzo, ni siquiera miró hacia la plaza. Se suponía que aquella noche les avisaría cuando Ariel se tomara la Red Bull y Pepe tuviera la situación bajo control. Pero el mensaje no era lo que esperaban solo la palabra "novata". El vehiculo ingresó al edificio y una vez más quedaron sobre el filo de la navaja. Gorki miró al Chico Mike.

–Oye Chico, aquí hay algo raro, ¿por qué no avisó que venían?, ¿por qué no nos miró?. –preguntó nervioso.

El Chico Mike levantó la mano hacia el celular de Gorki,. –Mira hueón, un mensaje. –le dijo.

–¿Cuando te vai a "comprar" uno?. –dijo Gorki.

Era Pepe Lucho: "Suban todo ok". –Vamos. –dijo el Chico Mike.

Cruzaron la calle. Se dirigieron al portón del estacionamiento. Marcaron la clásica clave de todos los portones, "1234". Abracadabra y el edifició se los tragó.

En el ascensor Gorki insistió. –Algo anda mal lo siento en los huesos. –dijo.

–¿Tenís huesos?, pensé que erai puro músculo. Yo al contrario que tú Gorki, siento que tenemos que apurarnos. –dijo Mike.

–Toma, ponte la máscara. –dijo Gorki. Mike lo miró con ira.

–Puta que hueveai. –dijo Mike pasando los elásticos por la nuca. Se miraron en el espejo del ascensor y les dio un ataque de risa con la cara de los dos pingüinos de plástico.

Se pararon frente a la puerta del departamento. Introdujeron lentamente la llave. El picaporte giró suavemente.

Pepe Lucho estaba apoyado contra el muro con una mano en el rostro. Tenía un gran moretón adornándole el ojo.

Mudulaba "perdón", sin en realidad decirlo, sin distorsionar el aire. Parecía una muñeca rota.

Frente a ellos Ariel empuñaba una pistola. "Entre el par de ferianos picantes pasados a cebolla y cierren la puerta".

Y sáquense esas cagás de máscaras, ya sé que son ustedes. —dijo con una gran sonrisa.

El departamento se componía de una cocina americana y un muro que la separaba parcialmente del living. Por un pasillo a la izquierda de la cocina parecían haber más habitaciones.

Ariel retrocedió. Sin perderlos de vista, los invitó a moverse al living room con un gesto de su pistola.

Gorki vio como el rostro del Chico Mike se transformaba en una máscara de dolor, y gruñía como si de pronto estuviese muriendo. Sobre el blanco sofá del departamento, boca abajo, semi desnuda y una pierna en el suelo, tirada como los zapatos de un cartero después de un largo día, Amalia yacía totalmente inconsciente.

***

Un par de horas antes, a Pepe le saltaron los ojos al ver la compañía que Ariel subía al auto. Arrastraba a Amalia, la polola del Chico Mike, como un borracho de año nuevo. Conduciendo con una mano, Pepe Lucho había intentado enviar un mensaje "no vayan", pero el maldito autocorrector se lo cambió a "novata" antes de darse cuenta.

Ariel lo vio todo desde el asiento de atrás. En su extasis cocainómano, se lanzó sobre el volante y desvió el auto intempestivamente hacia la vereda. Los neumáticos se despegaron del suelo, estuvieron a centímetros de volcarse. Ariel salió del auto como poseído y sacó a Pepe Lucho por la ventana del conductor. Lo hizo escupir un diente y el plan. Ariel metió sus manos a los bolsillos y reflexionó un segundo.

–Súbete al auto renacuajo traidor, de clase baja, seguimos con el plan. –ordenó a Pepe.

–Ya te tenía vigilado traidor de mierda, sabía que tramabas algo con esos ferianos, ¿crees que después de tantos años, no conozco a mi mascota?". –le dijo haciéndole un cariño en la oreja.

***

Ariel los hizo sentarse en el living, apuntándolos con la pistola, pero antes los obligó a colocar un periódico sobre el sofá. "Me lo van a dejar hediondo a pobre", les dijo. Frente a ellos Amalia se quejaba, desde la penumbra de la inconsciencia, sumida en una profunda pesadilla. Su cabellera roja y rizada caía como la maleza de otoño sobre el blanco sofá de cuero. El Chico Mike tenia el cabello pegado a la frente, y una amplia vena que asomaba como paté de campo en su cuello. Trataba de calcular si alcanzaría a quitarle la pistola al Ariel antes que una bala lo atravezara.

Ariel se paseaba por el living.

–¿Saben qué?, no me puedo decidir. Les disparo en defensa propia por asaltar mi casa, o los dejo mirar como disfruto de esta pendeja caliente. –dijo, apretando las nalgas de Amalia.

–Ven pues hueón, quítame la pistola. –dijo apuntando y mirando a los ojos al Chico Mike, desafiante.

El Chico Mike era una olla a presión de furia condensada.

–¿Qué?, ¿acaso te molesta que la toque, picante? Ah, ¿No sabías que tu polola era puta?. –Ariel rió como hiena. Miró al Chico Mike con ira.

–Todavía tengo un diente suelto por el manotazo maletero que me pegaste…–gesticuló involuntariamente por la cocaína. –pero hoy lo pagarás, diente por diente.

–Y saben que más flaites de mierda, vamos a hacer una película. Un video educativo de como deshacerse de un flaite.

Ariel destapó alegremente la Red Bull que le había traido Pepe Lucho. Tomó un largo trago. Sin dejar de apuntarlos, fue hacia la caja fuerte, marcó la clave y saco una tarjeta de memoria.

–El mundo será testigo de su pobre final, infelices hijos de puta. –dijo enarbolando la memoria. Intentó colocarla en la cámara de video, pero se tambaleó como un borracho.

–¿Qué está pasando?, ¡¡Que mierda me dieron!?... –alcanzó a decir Ariel. Vomitó por toda la blanca y peluda alfombra, como un lanzallamas. Con la velocidad de un misil Norcoreano, el Chico Mike se lanzó una "palomita" sobre el Ariel dándole un cabezazo en pleno pecho. La pistola cayó. El Chico se incorporó, y lo pateó tantas veces que se le rompió la costura del viejo zapato. Pepe Lucho y Gorki salían de la catalepsia, como gárgolas al ocaso.

–Gorki, hueón, despabila. Llévate a la Amalia a su casa; yo me encargo de sacar la basura. –dijo a la vez que comenzaba a arrastrar al desvanecido Ariel fuera del departamento. Tomó un puñado de memorias de una caja de habanos, de la caja fuerte y se las metió en el bolsillo de la camisa a Gorki.

–Revisemos el departamento. –Propuso Pepe.

–No, no hay tiempo, nos vamos. Nos vemos en tu casa Gorki en un rato. Pepe tú ándate hueón, nunca estuviste aquí, ¿escuchaste?. –dijo el Chico Mike.

–Parece que se me pasó la mano con la droga. –fue todo lo que atinó a decir Pepe.

Abandonaron el departamento de un portazo. Gorki y Pepe cargando a la Amalia y el Chico Mike en modo neardenthal arrastraba al Ariel.

El departamento quedó en un oscuro silencio. En el dormitorio de Ariel, oculto tras la ropa del closet, gimoteaba el Director Burgos. Estaba vestido con una bata de seda, que empapaba con sus lágrimas de terror. Se peinaba el canoso pelo con una mano. Con la otra intentaba marcar el celular.

CAPÍTULO 7. CHOQUE DE TRENES

"Tengo celos de la muerte,
que nos separará,
tengo miedo de perderte
y no temo a nada más".

La Polla Records

Acomodado en el sillón de cuero de su oficina estilo mediterráneo, el Director Burgos ejercitaba el *zapping* entre los diferentes canales de noticias, que emitían en vivo desde el colegio secuestrado. El caso policial se catalogaba como el más importante de la década y había eclipsado los últimos casos de corrupción de las concesiones de litio.

Le asombró ya ver la noticia en un medio internacional.

Puso la mano sobre la pantalla, como un viejo mentalista. Tras el periodista y la multitud, observó el perfil de su colegio. Meditando, acicaló su fino y cano cabello. Su prestancia y rasgos delicados le otorgaban un aire de hidalguía que lo volvía respetado y confiable. Hasta vestido con un saco de papas se habría visto ilustrado. Recordaba cómo había creado el colegio veinte años atrás, abriendo con una guardería infantil para los amigos y parientes de su difunta esposa. Esa casta no se impresionaba por su natural aristocracia, y se lo hicieron saber tratandolo con fría condescendencia. Era un *outsider*, un nuevo rico, sin alcurnia ni mérito más que haberse casado con la hija de un importante miembro de la comunidad. Aún después de todos sus logros, las viejas cucarachas que subsistían de esa oligarquía de antaño no se dignaban a estrecharle la mano.

Acarició su anillo, que solo se quitaba para disfrutar de una que otra golosina. Deslisó su dedo sobre la forma de la serpiente grabada. Pensó en su esposa. Nunca la amó, aunque si le tuvo cariño. Había sido tan buena con él y a la vez tan frígida, que no le dejó más alternativa que las casas de putas y las nanas de la casa. Por supuesto sabía de sus deslices y no se lo reprochaba, aunque lo tratara con poca disimulada repugnancia después de sus llegadas de madrugada, actitud que se fue tornando habitual. Unos ligeros golpes en la puerta lo sacaron de sus cavilaciones.

–General Ratonovic, lo esperaba. –dijo sin quitar la vista de la TV.

–No fue fácil señor Director, pero aquí estoy. –dijo el General secándose el sudor de la frente con un pañuelo y tomando asiento frente a él.

El Director cruzó sus manos sobre la mesa en un gesto beatico y observó intensamente al General, sopesándolo.

–¿Hace cuánto nos conocemos viejo amigo, veinte, veinticinco años?, por lo menos mucho antes de que Alicia me dejara. Nosotros comenzamos esto, Jorge, lo hicimos por todos los que nos despreciaban, fue nuestra manera de abrirnos camino. ¿Recuerdas la primera vez? Yo lo hago cada día: recuerdo a la exquisita hija de Dibri y me regocijo. Así Dibri me pagó sus humillaciones. Ojo por ojo. Está en la Biblia amigo, la ley del Talión.

–Y lo hemos logrado Jorge, ahora ellos nos temen y han quedado a un costado del camino. Las viejas momias ya no asustan ni a los niños. Se esconden en sus antiguas madrigueras a jugar bridge y esperar la muerte. –el Director Burgos se puso de pie, gesticulando.

–¡Nosotros tomamos las decisiones y no sus intereses heredados!. Lo que es bueno para nosotros, lo es para la sociedad. Nuestro rumbo no es fácil, porque somos el león vigilante, y si nos beneficiamos en este camino destinado por Dios, ¿a quién le importa?, el bien que hacemos es para todos y es mas grande que nuestras pequeñas licencias. Somos la espada de David que castiga a los impuros y protege la paz del Señor.

Y ahora, amigo mío, todo se puede derrumbar por un pecador, un demonio que puede destruir todo lo que hemos construido. Tú tienes que actuar antes de que sea tarde Jorge. Antes de que hable.

El General esperó a que el granate de las mejillas del Director desapareciera.

–Sabes que haría cualquier cosa por tí, Máximo. Gracias a ti tengo esta posición, y sabes que sufro con todo esto, por las consecuencias que nos puede acarrear. Te advertí que debías resistir a la tentación, la hija de Dibri fue demasiado y tú… has continuado con esto, no me escuchaste…

–¡Cállate!. –El Director lo fulminó con unos ojos fríos, fue peor que una bofetada. El General Ratonovic quedó con la boca entre abierta, cubriéndose inconscientemente con una mano.

–Perdóname, lo siento. Es la preocupación, amigo mío. –balbuceó. Mi mejor tirador está en el techo, listo para recibir mi orden. Apenas tenga el secuestrador en la mira, hará su trabajo.

Esta dispuesto a ser degradado porque sabe que no le faltará nada, nunca más. Ni a él ni a los suyos. Sabe lo que pasa cuando se es parte de nuestro círculo. –Dijo el general. Se puso de pie y miró por la ventana.

–Si me permites, eso les falta a ustedes los civiles, obediencia. Te aseguro que este mundo sería un lugar mejor.

–¿Y la evidencia?. –Preguntó el Director Burgos.

–Tenemos las facultades y la escena es nuestra, nos encargaremos de todo. El único cabo suelto es la famosa Detective, Máximo. No sabemos a qué atenernos con ella, asi que tendrá que desaparecer. –Sentenció el general Ratonovich.

–Dios querrá su alma si es el momento Jorge; somos solo instrumentos, la balanza de la justicia divina: enviaremos un demonio de vuelta al infierno y un ángel a reunirse con Jesús. Será una heroína, y su muerte no será en vano, las leyes se endurecerán en su nombre te lo aseguro. Cuando sea Alcalde incluso podemos nombrar una calle o una plazoleta en su recuerdo.

***

La detective Laura Mardones acababa de ver el nuevo video colgado en Internet por el Chico Mike. Su cerebro comenzó a bombear adrenalina como pozo petrolero. Sus pupilas se dilataron y tenía el corazón latiendo como en una maratón. No podía esperar, el cabro chico estaba dispuesto a todo.

Por radio, un carabinero de la barrera policial le informó que había un testigo que insistentemente quería hablar con ella. Era un testigo, el conserje del colegio. Miró a través de la ventana lateral de la Clínica. Había una manada de gente agolpada tras las barreras policiales y entre ellos divisó al carabinero y a un tipo flaco con cotona a su lado. Reflexionó unos segundos.

—Alfa delta, traiga al testigo, por la cresta el hombre insistente. —ordenó por radio.

Un hombre flaco, tuerto y desastrado, vestido con una cotona tan sucia que debía ser repelente al agua, apareció por el marco de la puerta.

—No hay tiempo para formalidades, dígame lo que sabe. —ladró Mardones, sorprendida por el tamaño del ojo falso del conserje. Su cuenca parecía ser talla S y el ojo falso XL.

—Señorita, le quería decir que yo trabajo en esta escuela desde hace muchos, muchos años y le conozco todas las mañas a estos cabros...

—Vaya al grano señor —lo interrumpió Mardones. —no tenemos tiempo.

El conserje cambió de postura. Se puso serio, como un Clark Kent que se quita los anteojos para confesar su identidad secreta.

—Detective, lo que vine a decirle es muy importante. —dijo seriamente.

En ese momento, el General Ratonovic entró a la oficina rodeado de oficiales. La detective se dio cuenta que el conserje se urgió y se camufló contra el muro. Mal día para la pesca Detective.

—Detective, me informan que tiene un testigo importante, ¿es este hombre?. —dijo. El General observó al conserje de pies a cabeza.

— Ya pues, desembuche y no me haga perder el tiempo.

El tuerto se quedó en silencio unos segundos. La detective pudo ver la rueda del hámster girando en su cabeza. El cíclope miró con intensidad la pantalla del computador donde estaba la imagen congelada del Chico Mike. Lo apuntó con un dedo que no conocía el jabón.

—Él, es el Chico Mike. —dijo. Se acercó más a la pantalla. —Está en la sala 2, la que da al patio.

—Muéstrela. —Dijo el general ordenando con un gesto que acercaran un plano del colegio.

—Aquí. —El conserje apuntó a una sala contigua al patio. —Y aquí hay una entrada al colegio por donde los niños *hacen la cimarra*, por ahí podrían entrar. Varias cabezas se agacharon alrededor del plano.

–Bien, tenemos confirmación de identidad entonces. –dijo el General Ratonovic. Le habló a los oficiales que lo rodeaban, dando la espalda a la detective.

–Con los antecedentes de este individuo, sabemos que puede ser muy peligroso y que esta dispuesto a matar. Quiero al equipo GOPE listo para ingresar por el frontis, detrás de un carro blindado. –dijo el general alzando la voz. –¡Quiero a los francotiradores del sector norte listos apuntando a esa sala! Ya oyeron, ¡A sus posiciones!.

–¡Momento General! – La detective Mardones alzó la voz en medio de la habitación. Las cabezas se voltearon hacia la detective.

–Cuál es su plan, ¿eliminar al sospechoso? ¿Y cuantos rehenes se irán con él, no le toma el peso? Ya basta con el error de habernos enterado muy tarde del famoso video. No General, yo estoy a cargo. Primero intentaremos dialogar con el individuo, ahora que sabemos con certeza quien es y cual es su ubicación. Buscó con la mirada al conserje, pero no lo vio por ninguna parte.

El oficial Serrano con sus dos metros, se adelantó, plantándose frente a ella, con el rostro de piedra demasiado cerca de Laura Mardones, en un claro intento por amedentrarla.

–Saque a su perro de aquí, General. –dijo Mardones sosteniendo la mirada del oficial.

Retroceda, Serrano. –ordenó el General. –Como quiera, si desea arriesgarse, allá usted. Avanzaremos con el plan para crear distracción. Tiene quince minutos, despúes, actuaremos. –dijo con una mueca torcida.

La detective Laura Mardones se colocó el chaleco antibalas, se tomó el pelo en una cola de caballo y se calzó un jockey. Revisó la Glock y la guardó en el estuche de cuero.

–Ya me estoy hartando de las muecas General, ¿sabe?, parece que vivo rodeada de paralíticos. Usted preocúpese de crear la distracción con toda la parafernalia de sus tortugas ninja y sus carros blindados. Yo me preocuparé de resolver esto. –Salió de la sala dando por concluida la conversación.

El General encendió un segundo celular.

El operativo se puso en marcha. Mientras el carro blindado avanzaba hacia el frontis, la Detective Mardones cruzaba la calle vacía, consciente de que la expectación que se generaba a la distancia; la gente gritaba, los perros ladraban y las cámaras la seguían. El contingente policial alrededor de la clínica le daba el camuflaje que necesitaba para acercarse a los muros pintados rojo sangre del colegio.

Ante la atenta mirada de los agentes del GOPE, se colgó de las barreras de fierro de los ventanales del lado del jardín infantil. No ingresó por la ventana, sino que se descolgó con destreza utilizando los cables eléctricos y bajó apoyándose en las manos en la parte exterior de la techumbre. Se sentía como la mujer araña y se preguntaba hace cuánto tiempo esa techumbre no había sido reforzada. En el Norte llovía menos que en Marte y las techumbres eran prácticamente ornamentales. Esperaba que las delgadas tejas no cedieran a su escaso peso. ¿Qué estaba haciendo?, creía saberlo. Había una pestilencia, una sensación de *deja vú* que no la dejaba en paz. Era la sensación de estar en una mala película de zombis, donde la protagonista abre la puerta justa que da a la horda de no—muertos. Voy a morir pensó y se sorprendió de la certeza de su pensamiento.

Era consciente que el tic tac del reloj del general Ratonovic estaba corriendo. Si esos brutos ingresaban a la fuerza, sería una masacre, el *Columbine* chileno. La clave era el tuerto conserje. Quiso confesarse, darle información, pero justo había aparecido el general del orto, informado de todos sus movimientos. Pero no era el momento para distraerse.

Sus pasos de gata en el tejado eran guiados por la certeza de convencer al Chico Mike. Ella podía ayudarlo pero para eso debía desistir de su intento. Actuar pacíficamente. Su plan B era aprovechar la más mínima oportunidad para reducirlo con el menor daño colateral posible, aunque tuviera que meterle un tunazo.

Llegó al borde de la techumbre. Miro hacia el patio interior, lista para saltar. Suspiró. Al dar un último paso sus piernas se hundieron entre las tejas antediluvianas. "¡Mierda!", exclamó.

Alcanzó a tomarse del borde del tejado. Forzó sus brazos, empujando su cuerpo fuera del peligro. El Yoga mostraba sus frutos.

Tal como lo hizo en su infancia, se colgó de una rama, saltó y se agazapó. Inspeccionó, identificando un número dos de bronce sobre una de las puertas. Se encontraba en un macabro concurso de Sabados Gigantes.

En cuclillas, se dejó arrastrar por el viento. Sacó su pistola Glock y contuvo el aliento. Abrió milímetro a milímetro la puerta con la punta del arma. Divisó una silueta en la penumbra, una niña de uniforme escolar atada a una silla, amordazada. La niña abrió los ojos desmesuradamente, y Mardones le indicó silencio. En ese instante sintió algo frío en el costado de su cabeza. Había caído en una trampa. El Chico Mike había observado los movimientos de la detective Mardones desde que bajó del techo.

A la detective Mardones, le cayó la teja. El conserje, estaba prestando ayuda, pero no a la policía. Colaboraba con el Chico Mike. La había conducido como una boba a una emboscada, para darle ventaja y oportunidad al secuestrador. Y ella cayo como una imbécil.

Para el Chico Mike, el mérito era del Ojito de Peluche, tremenda actuación, digna de un Globo de Oro o al menos una jaba de pilsener, si lograba salir con vida.

—Quédate ahí *agilá,* y suelta el fierro. —Mike encañonaba su cabeza. Mardones dejó lentamente la pistola en el suelo.

—Miguel, tranquilo —dijo alzando las manos y levantando la pistola. —Me llamo Laura Mardones y soy detective. Estoy a cargo de la investigación y solo quiero saber tus demandas…

—¡Shh!. ¿andai sola?, si veo a alguien más te vai de forao en el cráneo, estai *vía*. —amenazó Mike.

—Estoy sola.

—¡Mentira!. — El Chico Mike se dispuso a golpearla con la cacha de su arma.

Sin embargo notó algo que le llamó la atención; la tranquilidad en esos ojos negros y profundos. En ellos pudo, fugazmente, divisar un reflejo de si mismo.

—Viniste pa puro *pitearme* —dijo el Chico Mike.

—Mírame, ¿de verdad lo crees?. Este es un asunto difícil Miguel, y hay personas afuera que sí quieren "pitearte". Pero yo estoy a cargo y haré todo lo posible para no llegar a ese punto. Por eso estoy aquí. Mira, voy a guardar el arma.

Lentamente la detective puso seguro y guardó el arma en la cartuchera.

–Esta situación no es justa Miguel, para nadie. Y quiero conocer las circunstancias. Me queda claro que el conserje es amigo tuyo, y quiso decirme algo importante, pero no pudo.

–¿Que le pasó al Ojito?. –dijo Mike levantando mas el arma. La detective alzó las manos.

–Nada, está bien. De hechó creo que se fugó. –dijo. –Miguel, tal como tu dices en el video, esto es un llamado de atención, un llamado para denunciar. Y quiero saber a quien o a quienes y porqué. En serio, puedes confiar en mí. Quiero ayudar.

Mike continuaba apuntándole. El viento sopló silbando como una advertencia, un presagio. Afuera se oían ruidos de botas corriendo y gritos de órdenes.

La detective insistió.

–Miguel, tenemos poco tiempo.

Mike la examinó, reflexionando si podía o no confiar en ella. Estaba desesperado y sospechó que esta era su única oportunidad.

–Pronto van a asaltar este lugar Miguel, no les importa tu razón, solo la fuerza. Y no los culpo, dada tu historia familiar piensan que eres muy peligroso.

–¿Mi historial? –preguntó el Chico Mike intrigado. –No tení idea de quien es mi familia ni yo tampoco. Ni me importa. –dijo. La detective Mardones se dio cuenta que estaba pisando un campo minado.

–Mike, no sé si lo sabes, pero tu padre fue muy conocido. Fue un conocido asaltante, y creen que puede haberte iniciado en la delincuencia. –dijo, narrando a Mike su propia y desconocida historia.

La contempló con un escepticismo que fue mutando a curiosidad. La sinceridad con la que se expresaba la flacuchenta detective lo hizo bajar la pistola y preguntarse si podría confiar en ella. Confesarle lo que había descubierto en las tripas de la ciudad, el cáncer de corrupción y maldad que plasmaban los videos de Ariel y sus consecuencias. Una decisión en la que apostaría su vida: si ella estaba implicada, le dispararía a quemarropa.

Mardones notó que las facciones de Mike se relajaron. Había conseguido finalmente, acercarse a él. A lo lejos se abría una nueva puerta, un futuro alternativo en el que la situación concluía sin heridos. No era una corazonada ni el resultado de las técnicas de negociación, era empatía real que sentía con el chico que tenía en frente. Perpetuamente solo y su destino en manos de personas que no tenían el menor interés en él; la justicia, la policía, las casas de acogida, el propio colegio. Alimentado con desprecio, criminalizado y empujado como un perro de pelea a morder a otros en la única ley que conocía, la del ojo por ojo.

–Tú no sabí lo que está pasando. –dijo por fin el Chico Mike. –con los que están metidos en esto, era la única forma que tenía pa' que me escucharan…

Mardones se volteó al sentir que el vello de la nuca se le erizaba, y un milisegundo después escuchó un silbido y un aguijonazo de dolor en su oreja derecha. Les disparaban.

–¡Al suelo! –gritó la Detective. El Chico Mike dio un grito de odio. Por un segundo giró y antes de escapar, miró a la detective Mardones con rabia y la apuntó con el arma, pero no disparó. Mardones escapó hacia calle, al mirar atrás vio que Mike se perdía al interior del laberinto de salas de clases, en medio de la lluvia de balas que caía del costado norte del colegio.

Laura salió solo con un pequeño rasguño en la oreja, luego de su baile apretado con la muerte. Apenas puso un pie en la calle, fue escoltada por un contingente de fuerzas especiales. El general Ratonovic la esperaba. La miró con frialdad.

–Detective, queda arrestada por obstrucción al procedimiento policial. Te pasaste de la raya Mardones. –dijo Ratonovic.

–¡Arruinaste todo, payaso! ¡se iba a rendir!. –dijo.

–Voy a sacar tu culo del caso, esto tenlo por seguro Mardones. ¡Llévensela!. –ordenó el general Ratonovic.

–Mostraste tu juego Ratonovic, pero lo hiciste demasiado pronto... –sonrió la detective. Vio el pánico contenido en el general.

–¡Llevensela!. –volvió a gritar el general.

CAPÍTULO 8. DESPERTARES

Ariel soñaba con la antigua casa de campo de su abuelo, la casa grande, con muros pintados de cal y techos abovedados. El viejo alemán Halfmman se paseaba con patas de alicate, fusta en mano, pantalones a rayas, botas y sombrero de paño.

Había sido un SS, escapado junto a muchos otros a Latinoamérica, paraíso donde les prometieron que nadie los perseguiría. Pese a su edad y las canas blancas, tenía el porte y la marcialidad al caminar que intimidaba a la mayoría de las personas.

Frente a él, la plebe vacilaba bajando la cabeza en una señal de sumisión. Si fueran canes meterían la cola entre las patas y mostrarían la guata. Incluso su propio padre vacilaba frente al octogenario macho alfa, quien lo miraba con desprecio. "¡Habla claro, hombre!" lo interrumpía el abuelo.

Con el único que el abuelo se transformaba en un ser humano con sangre en las venas era con Ariel. Lo sentaba en sus piernas y le hablaba del campo, de que algún día todo sería suyo. Su padre observaba estas conversaciones con recelo y abierta odiosidad. Le recriminaba a su propio hijo, el hecho de que nunca había recibido ese trato del abuelo.

Por esto, Halfmman padre lo exilió de sus brazos y de su cariño. Ariel recordaba especialmente aquella noche de tormenta, en que los fuertes ruidos de algo rasgando bajo su cama lo despertaron. A gritos llamó a su padre para que lo ayudara. Gritó hasta que su garganta se rasgó y la orina corrió entre sus piernas hasta el colchón de lana, creando una poza tibia que de a poco fue congelándose. Tenía demasiado miedo incluso para moverse y esperó a que los primeros rayos del sol le mostraran que fuera lo que fuera que rasgaba bajo su cama, ya no estaba ahí.

***

La cabeza de Ariel palpitaba sordamente. Abrió los ojos lentamente, y no vio nada, salvo una oscuridad espesa y negra como la sangre coagulada. Se debatía entre la inconsciencia.

A causa de un sol matutino que lo abofeteaba en la cara, finalmente logró despetar. Era un brillo indirecto, como a través las cortinas de su habitación. "No quiero ir al colegio pensó". Entonó los ojos y cayó en cuenta que no estaba en su habitación. Su cabeza estaba al interior de una caja de cartón. Tenía la boca seca, intentó moverla y se dio cuenta que estaba amordazado. Algo andaba muy mal. Su cerebro activó todos sus sensores. El pánico comenzó a fluir y su respiración y pulso se aceleraron. Sintió presión en su pecho y al mirar su cuerpo se dio cuenta con terror que no podía moverse, alguien lo había enterrado hasta el cuello. A pesar de no poder moverse, como aquella vez en su cama, sintió que el chorro de orina corría por sus piernas y alimentaba a la Pachamama.

***

Al mismo tiempo, Amalia dormía en su habitación, babeando sobre la almohada. Un bicho escamoso, mitad sapo mitad rata, del tamaño de un gato, entró por la ventana. Se encaramó sobre su pecho dificultándole la respiración. El amorfo anfibio sacó una larga lengua de serpiente y comenzó a succionar la baba de la comisura de sus labios. Succionaba con cada vez más fuerza. Ya no succionaba solo su saliva, que era su alimento, sino también extraía otros fluidos de su cuerpo.

Abrió los ojos, horrorizada y vio que el engendro tenía el rostro del Director del colegio y en lugar de ojos, tenía incrustada una cámara de video, como un ciborg del averno, que le sonreía mientras succionaba su vitalidad.

Amalia despertó entre sollozos de pavor, confundida, mareada, sin tener idea como había llegado a su casa. Se palpó y descubrió que se encontraba sin sus sostenes. Mientras la pesadilla se desvanecía de su mente, sabía que algo demasiado importante se escapaba con el mal sueño, demasiado fugaz para recordarlo.

Miró su reflejo en el espejo de su habitación con expresión ausente. Buscó su celular pero no lo encontraba por ninguna parte. Su mente trataba de descifrar que había ocurrido durante la noche anterior, cuando oyó el grito de su mamá para tomar desayuno, que la dejó con el alma pegada al techo.

Bajó las escaleras bien agarrada del pasamanos, con las nauseas inundándole la boca. Tendría que dar declaraciones al tribunal compuesto por sus padres y hermanos chicos, que esperaba sentenciarla en juicio abreviado sin defensor, solo fiscales. Se hizo silencio cuando se sentó a la mesa, señal que ella era el tema de conversación.

El desayuno de domingo consistía en una nutritiva cajita McDonald's, que sus padres compraban como sagrada tradición a la salida de la iglesia. Tenía una sensación de irrealidad en estos desayunos de comercial de TV, la sensación de vivir en una familia de utilería. Un día vería un camarógrafo detrás de la mesa de la cocina. Era difícil de explicar, cada vez sus padres movían la boca para hablar, sabía exactamente lo que iban a decir, como siguiendo un mal guion compuesto por clichés.

En su casa se conversaba de la telenovela, de los triunfos de Chile y copuchas de la iglesia metodista a la que pertenecían. Se celebraban todos los días; el día del niño, del padre, de la paz, de la tierra, halloween, los reyes magos y la casa se adornaba para cada ocasión, cuyo gran evento anual era la Navidad, donde su mamá adornaba compulsivamenta hasta el último rincón.

Para la vida monótona y sin sobresaltos de Amalia, el Chico Mike había sido un escupitajo de la realidad mas dura. Le abrió la mente a la irreverencia, las malas palabras y posturas de la vida que nunca se había planteado. Un acceso a los oscuros rincones de la ciudad que prohibidos. Cuando patiperreaban juntos y el Chico Mike se topaba un vagabundo caído al frasco, lo que no era extraño en Montecruz, el Chico Mike compartía lo que llevaba con él; la cola de un cigarrillo o cien pesos, o le rascaba sin asco la cabeza a un dogo callejero lleno de pulgas. Amalia perdió el miedo y hacía lo mismo. Así conoció la gran fauna subterránea que habitaba la ciudad, seres invisibles para la mayoría, seres que solo dejaban las alcantarillas a la hora del crepúsculo. Luego del impacto olfativo inicial y una vez que logró entender el dialecto sumergido, descubrió las personas más interesantes que había conocido en sus escasos catorce años en el planeta.

Entre ellos, conoció al "Pirincho", erudito musical que conocía desde los clásicos como Bach hasta los grandes rockeros de los setenta, podía dar una clase magistral de horas y citar el nombre de cada integrante de cada banda que le preguntaran. El "Tata", animalejo prehistórico que con su diente solitario contaba grandes historias, como una mezcla de juglar y filósofo del submundo quien clamaba haber conocido al mismo Elvis y que citaba a un tal Nietzsche.

La llevo a recorrer el barrio del Terminal de Buses, terreno completamente vedado por sus padres. "Nunca vayas por allá", decía su madre, "allá cogotean, matan, violan. Ni te imaginas cuantas niñas han aparecido en los paraderos medio piluchas sin saber que les pasó. Esas son las que tienen suerte, las que no, desaparecen sin más, como la hija del finado Dibri. Pobre, nunca lo superó. Las calles están mas plagadas de carteles con fotos de niñas desaparecidas, que de perros. Que Dios nos libre, Amén".

La voz de su madre vociferando en su cabeza decía la verdad, bastaba mirar alrededor y reconocer la estúpida cantidad de "Se busca" pegados por doquier, y anadie parecía importar. Niñas que se veían tan alegres en esos carteles, llenas de vida, con su uniforme de colegio o de confirmación.

Luego de superar las aprensiones del aspecto del barrio, descubrió un mundo de colores al que pertenecía y que consideró propio. Plagado de diversidad y colores, barrio de inmigrantes, de vendedores ambulantes de todo tipo de artilugios, para copiar dibujos y cortar verduras rápidamente, relojes, lentes de sol y películas piratas, también muchos carritos de comidas donde se mezclaban culturas, pasando desde completos a kebabs. Disfrutaba a cada paso, aunque la tristeza la comía al ver tanto perrito abandonado. Pensaba en el barrio como una bellísima bailarina de mucho carácter, pero con una gran cicatriz en la cara.

Y cada vez se sentía más lejana de su familia, y cada vez mas cercana a Mike. Pucha se estaba enamorando del cabro desarmado. Lo amaba como se ama a los catorce, con toda el alma. Le saltaba el corazón del pecho cuando se juntaban y sentía un desgarro en el alma cuando no podían verse. Por las noches le escribía cartas de amor que guardaba en su diario de vida. En él, atesoraba su preciado poema escrito por el Chico Mike, en un arrebato de creatividad en la sala de clases: "Incluso la empanada napolitana recalentada, llora lágrimas de queso por tu ausencia"

El amor fue creciendo en ella como el moho en un trozo de pan. Una tarde fuero de excursión a la laguna de "Los patitos", en las afueras de Montecruz. Ese día paseaban por el Terminal y sin mediar preguntas, la tomó de la mano y la subió a una micro atestada que iba ya saliendo, cargada de gordas señoras con paquetes y chiquillos mocosos. Pagaron escolar ante el cuestionamiento del chofer "!Chi! ¡ya estai bueno pa' profe!", los increpó con toda esa dulzura que caracteriza a los choferes de la locomoción colectiva.

Se bajaron en las afueras de la ciudad y se adentraron por un polvoriento camino, bajo la refrescante sombra y el susurro de los eucaliptos alineados como escoltas a un costado del camino. En una de las pocas casas de campo había un letrero que decía "Ze vende cuvos" y compraron helados caseros de leche de cabra con chirimoya. Sin prisa llegaron a una laguna que sc ocultaba tímida del ojo ajeno entre la maleza y los juncos. Estaba tan camuflada que Amalia casi cae al agua, pero Mike la atrapó por la muñeca, perdiendo el equilibrio y cayendo "de poto" con un ¡plop! de Condorito. Ambos rieron hasta que les dolieron las mandíbulas.

Dada su afición por la organización, le hubiera gustado haber ido más preparada, aunque la improvisación del día tenía algo delicioso. Mike sacó de su mochila un tarro de Nescafé con un hilo de pescar enrollado. Acto seguido escarbó en la tierra húmeda hasta que encontró un gusanillo de paupérrimas dimensiones. Lo envolvió en el alfiler de gancho que hacía las veces de anzuelo y se lo entregó tomándole la mano.

—Amalia, mira, toma el tarrito con una mano y con el dedo afirma la línea. Como tirando un trompo, y cuando vaya pa' delante, suelta la línea, así. —instruyó Mike.

Amalia repitió la operación pero en lugar de soltar el hilo de pescar, soltó el tarro con todo que cayó a la laguna con un ¡splash!, generando pequeñas ondas circulares.

–!Mierda!. –dijo Amalia tapándose la boca con falsa vergüenza. Mike sonrió mientras se sacaba la polera y los jeans. Amalia miró de reojo su cuerpo delgado y atlético marcado por cien cicatrices, de quien sabe que aventuras o tormentos. En calzoncillos, el niño moreno se lanzó al agua en busca del implemento de pesca. Amalia lo miró divertida y cuando Mike salía a respirar, ella se arrojó al agua con ropa y todo. Mike sorprendido, tragó agua y tosió hasta que se le salieron los pulmones, ante la risa traviesa y contagiosa de Amalia. Pretendió hundirla, pero en vez de eso la abrazó. Amalia dejó que su cuerpo se pegara al de Mike, sintió su anzuelo, y sus mejillas enrojecieron. En eso un descarado pez pasó entre sus piernas y los hizo dar un salto que casi los sacó de la laguna.

Rieron cómplices y libres, y Mike le hizo "patita" para salir de entre los juncos. El sol de la tarde se encargó de secar la ropa y las horas se hicieron segundos mientras pescaban, conversaban y reían tontamente. Parecía una película de Disney, solo faltaban a su alrededor las parejas de conejillos y pajarillos con ojos terroríficamente grandes.

Su espíritu volvió a la mesa de interrogatorios con gran hastío.

–¿Con quién andabas? ¿Quién te trajo anoche?, ¿Por qué no avisaste? ¡Te perdiste el mejor sermón del Pastor Pedro Pablo José en mucho tiempo, ungió y sanó a dos paralíticos, amén! –dijo su madre con emoción.

–¡Amén!. –repitió el resto de la familia.

–Amalia no nos gusta nada que te juntes con ese niño nuevo. Se ve bien mala clase, además dicen que es ladrón, que estuvo en la cárcel. Los papás de los niños de bien del colegio quieren reclamar, para que lo saquen.

–¡Pero mamá, ustedes ni conocen a Mike, el es mejor que muchos de los demás! –alegó Amalia.

–Hija, estas cegada por ese niño, es una mala influencia para ti, entiende es una mala persona. En la tarde vendrá el Pastor Pedro Pablo José a orar por ti. –dijo su mamá.

–No quiero que nadie venga a orar por mi, ese viejo es asqueroso. –respondió.

–¡Pero que dices niña el es un mesajero de Dios, te vas castigada a ti pieza!. –gritó su mamá.

Castigada, y a petición del jurado, incomunicada, sin Internet ni TV ni teléfono. Ya en su habitación del segundo piso, se tiró sobre la cama pensando en la noche anterior y volvió a dormir, agotada.

Al desperar recordaba mas piezas del puzzle. Había ido a la discoteque con la Ale y la Poli. El pesado de Ariel había aparecido, e insistió en hablar con ella en privado, quería pedirle perdón por la humillación en la fiesta de Gorki. Ella le dijo que lo perdonaba, solo para sacárselo de encima y volver con sus amigas. Insistió tanto en comprarle un jugo…De ahí, todo era borroso, solo recordaba flashes: ella bailando, Gorki llevándola en un auto, Mike gritando… de repente todo tuvo sentido, ¡El maldito Ariel le había puesto algo en el jugo!.

Miró alrededor. Se dio cuenta que sobre una silla había una chaqueta de hombre que no conocía. La registró. Al meter la mano en uno de los bolsillos, encontró varias memorias portátiles. Recostada sobre su cama las examinó, estaban etiquetadas con nombres de mujeres, iniciales, fechas. Tenía la sensación que era algo sucio, pervertido. Le llamaron la atención algunos de esos nombres: "Fran R", ¿Francisca Rodriguez? La embargó cierto egoísta alivio al comprobar que su nombre no figuraba entre aquellos.

Se levantó a buscar el notebook de su papá y se percató que el reloj marcaba las 03.00 am. ¡Había dormido todo el día!. No le quedó más remedio que volver a la cama, cavilando. Pronto sería lunes y no pensaba ir al colegio. Se dedicaría a descubrir de que se trataba todo esto.

En la vereda del frente, bajo la penumbra, un gigante observaba atentamente la casa.

CAPÍTULO 9. LOS BROCACOCHIS

El último ke zierre

El Director Burgos trataba de controlar sus nervios aspirando un poco de la vieja y perseguida diosa blanca, la *mandanga*, sin embargo, su mano adquirió vida propia, y el pequeño tubo plástico se incrustaba una y otra vez en su nariz. Acababa de tener una experiencia aterradora, una de esas que harían tiritar a un guerrero araucano. Dos delincuentes, cabros poblacionales, habían irrumpido en el departamento de Ariel justo cuando se preparaba para tener una sesión nocturna con una muchachita.

Todo había comenzado hace mucho tiempo, como represalia contra el agricultor Mikael Dibri, descendiente Croata, por haberse negado a que le entregaran los derechos de agua a la minera Esperanza, futuro de la región y de su cuenta bancaria. El Director había hecho un intenso trabajo de lobby, pero el perro porfiado de Dibri no quiso ceder a la presión. El Círculo dio luz verde.

Esperaron el momento oportuno y raptaron y violaron a la hija mayor de Dibri. Dejaron el cuerpo en el mismo canal de donde obtendrían el agua, y aunque el cuerpo desapareció misteriosamente, las evidencias que plantaron incriminaban a un borracho del sector, Jose Nelson Mandorrio alias "el Negro". Aunque alegó inocencia terminó secándose en la cárcel. Así son las cosas en un pequeño ecosistema.

Pero más allá de la vendetta, estaba el placer. Si hubiese llevado los encuentros como un negocio, el negocio del sexo, habría sido una leyenda. Un Zar, un Pablo Escobar o un chef rupturista. Ofrecería a sus clientes los más variados y exóticos platos y degustaciones, preparados especialmente para cada paladar. Bocados únicos que costarían millones.

Y esta vez, Ariel le había prometido una *delicatesen*, una virgen, y había esperado con ansias de novio durante las últimas semanas. Había hecho dieta, gimnasio, manicure como si fuera un supermodelo. Había disfrutado de una dieta rica en afrodisiacos naturales, cítricos, *piña para la niña*, ajos chilotes, especias, mariscos y ostras. Y todo se había ido a la mierda.

El terror inicial, que se había posado en él como un cuervo, voló, tornándose en una profunda frustración. Habían tenido que arruinarle su noche especial. Más encima habían estado a un segundo de descubrirlo.

Las voces que entraron al departamento de Ariel habían resultado conocidas y chillonas, al menos una de ellas, la que siseaba. Se tratava de Gorki del primero medio, estaba segurísimo, el hijo de esos padres ferianos desagradables que siempre olían a vegetales y a guano o abono, ¡que sabía el!. Los mismos que se veía obligado a sonreír y tocar esas manos extraordinariamente callosas y mugrientas cada vez que se los encontraba.

Ariel estaba en el living cuando se escuchó el portazo, gritos, Ariel gritando órdenes, y luego el sonido seco de los golpes, como los aplausos de un manco. Luego, más pasos, más gritos y el rumor del silencio. Le tomó toda su fuerza de voluntad y varios minutos el ser capaz de despegarse del muro, cual lapa de mar que se negaba a dejar la roca que habitaba.

Pero el Director Burgos no era un hombre que se dejara invadir por el miedo. Se fue al baño, lavó cuidadosamente su cara y limpió el maquillaje de su rostro. Depositó sobre un espejo un pequeño montículo del polvo blanco y lo separó con una tarjeta de crédito en dos largas líneas de Nazca, con la maestría de la práctica, y aspiró como una turbina de avión, dos veces, dejando el espejo inmaculado. Abrochó y alisó su bata de seda con gestos delicados y realizo algunos ejercicios de respiración. Caminó delicadamente al living y constató que los corsarios invasores, el idiota de Ariel y su bello regalo habían desaparecido. Tomó su iPhone de carcasa del Corazón de Jesús, y marcó al general Ratonovic.

***

Gorki conducía la destartalada camioneta de su padre, dejando que el gélido viento de la madrugada refrescara su rostro. Su cabeza era un huevo cocinándose en olla a presión. La vorágine de hechos en el departamento de Ariel sucedieron tan rápidamente que parecían una pesadilla. Únicamente los reconocía como reales porque mirando a su derecha, sus ojos recorrieron a una Amalia dormida, medio tapada con una chaqueta por la que se adivinaba la curvatura de su pecho desnudo.

No entendía por qué Pepe Lucho los había traicionado y como todo había acabado tan endiabladamente mal. La misma escena se repetía obsesivamente la misma escena. El preciso momento donde estuvo a punto de morir. Ariel apuntándole y el Chico Mike saltando sobre él. Se veía a sí mismo como un espectador en el cine, tomando el puñado de memorias de la mesa y como se cargaba sobre el hombro a la Amalia, mientras el Chico Mike, transformado en una máquina, golpeaba y arrastraba al Ariel fuera del departamento.

Al salir del edificio no miró a ninguna parte, no sabía qué hora era, ni si lo habían visto, pero juraba que lo seguían. La paranoia lo cubría como un poncho mojado y escudriñaba a cada segundo el espejo retrovisor. Detuvo la camioneta a algunas cuadras de la casa de Amalia. Medio oculto por los árboles y sus sombras, solo oyó ladrar un perro de una casa vecina. En la vereda de enfrente había un almacén cerrado que le proporcionaba mayor sigilo. Saco las memorias de su bolsillo. Las miró a contra luz de un poste, y encontró que tenían escritos nombres y fechas. Tomó una micro memoria y la colocó en su teléfono.

Reprodujo el contenido y el aire se tornó gélido. Amalia se retorció en el asiento jadeando con temor. Afuera, los grillos se callaron y Gorki sintió que se le erizaban los pelos de la nuca, como si hubiera invocado algo maligno y ancestral.

En el video una chiquilla del colegio, que Gorki reconocía de vista, estaba desnuda en una cama. Parecía dormida. Ariel apareció en escena, se puso a saltar sobre la cama, y la chica aunque saltaba para todos lados, no despertó. Ariel miró con disgusto fuera de la cámara, como si alguien le hubiese llamado la atención por su payasada. Riendo, le arregló el pelo y la tocó.

Entró en escena el mismísimo Director Burgos, vestido con un kimono de seda con las manos en los bolsillos. Se arrodilló y besó babosamente a la chica en la boca, como un vampiro recientemente desempolvado que contenía una sed milenaria, luego de siglos de no alimentarse mas que de ratas disecadas. Dejó caer el kimono y un cuerpo antiguo, reseco y de translúcida palidez, surcado por innumerables llagas, se impregnó para siempre en su retina. Gorki, alienado por el más profundo pavor, detuvo el video.

No había duda, junto a Ariel estaba el prestigioso Director Máximo Burgos, el mismo que les predicaba en suave tono, el mismo unía sus manos en posición beática al escucharlos, y llamarlos hijos míos. Ahí estaba, como un insecto gigantesco de película de ciencia ficción, listo para succionar la vida de una cabra chica.

Una tremenda desazón le inundó el alma. Sintió deseos de llorar y abrazar a su mamá. Necesitaba decírselo a alguien. Tenía que volver a su casa para contarles a sus papás y al Chico Mike cuando apareciera. Esto era más grande y peligroso de lo que hubieran imaginado. Arrancó nuevamente el motor y avanzó lentamente la cuadra que los separaba de la casa de Amalia, tratando de arrebatarle segundos al destino.

Se detuvo. Tomó a Amalia bajo las axilas y la apoyó en el antejardín. Metió el puñado de memorias a la chaqueta que la cubría. Les temía, sentía que de esta forma se liberaba de su peso y responsabilidad. Acto seguido arrastró a Amalia hasta la puerta trasera y la metió como saco de papas al interior de la cocina. "Amalia, tienes que recordar esto", le dijo al oído. Gorki echó a andar el viejo motor y se dirigió a su casa, con su rostro inundado de lágrimas.

Una sombra caminó por el jardín de la casa de Amalia. Exploró con una linterna, y recogió una de las memorias que había caído al suelo. Al interior, se encendió una luz y la sombra se desvaneció.

***

Mike conducía un taxi bajo una intensa lluvia cuando un pasajero lo hizo detenerse. Era el Director Burgos. Entró empapado al asiento trasero, y le gritó algo, pero el ruido de la lluvia le impidió escuchar. Vio por el espejo retrovisor, como el Director sacaba de un bolso deportivo la cabeza cercenada de Ariel y la lanzaba junto al asiento de Mike. La cabeza lo miró, y le ordenó, no a él sino al taxi mismo, que acelerara a fondo. Mike sabía que no podía hacer nada para detenerlo, y soltó el volante mientras el motor aceleraba directo contra una muralla.

Mike se había dormido, agotado, sentado contra un muro y con la cabeza entre los brazos. Despertó al frio de la madrugada con el corazón como caballo desbocado. Había tenido un sueño terrorífico y premonitorio, como muchos otros, aunque rara vez recordaba de que se trataban. Cerró los ojos y pensó, intentando recordar como si su vida dependiera de ello: había lluvia, pero algo más, algo importante...sin embargo, el sueño se desvaneció como si tratara de aprisionar el humo de un cigarrillo.

Se pasó una y otra vez las manos por la cara mientras se incorporaba del muro donde estuvo recostado. Encendió un pucho. Una luna llena, plena, extrañamente gigante, iluminaba el terreno baldío que se extendía frente a él, la cancha de tierra del ex club Unión Montecruz. Ahora la cancha estaba convertida en mitad basural, mitad peladero, reconquistado a medias tintas por la naturaleza, a través de una maleza reseca. Caminó algunos pasos bajo la penumbra lunar, deteniéndose al lado de una caja de cartón volteada. La levantó y admiró su contenido.

Bajo la caja, apareció la cabeza de Ariel como un truco de mago. Estaba amordazada, machucada e inconsciente, y notó la oscura mancha bajo la nariz fracturada. Había tenido que improvisar.

Su plan original, había sido solo robar las memorias, pero ver a Amalia media desnuda a punto de ser abusada, lo había hecho cambiar la perspectiva. Sentimientos demenciales lo poseían cuando algo o alguien que le importaba se encontraba amenazado, y tenía la necesidad biológica de impedirlo. Así había golpeado a Ariel hasta la inconsciencia.

Lo metió en el maletero de su propio auto, y lo condujo a la pobla, donde consiguió una pala y algunos accesorios. Luego estacionó a algunos metros de la cancha y apenas abrió la maleta, Ariel saltó como un conejo en un intento de escape, lanzándole la llave de tuercas en la cara que lo tiró al suelo y lo hizo oir un pitido. Mientras Mike se incorporaba aprovechó de correr. Lo persiguió algunos metros, y cuando lo tuvo a tiro, le lanzó la pala, pegándole en todo lo que se llama nuca. Ariel se desplomó como un muerto.

Acto seguido, lo arrastró de vuelta al auto y lo apoyó, o mejor dicho lo lanzó a un costado como un muñeco mientras se concentraba en la ardua tarea de cavar. Lo hizo con concentración y método, hundiendo el pie en la pala y la pala en la tierra, y por suerte para él, esa noche la Pachamama quiso ser su amante y abrió sus piernas para que cavara rápido y profundo. Metió al Ariel en el hueco, de costado, en una muy incómoda posición de yoga, en una poco profunda canaleta de no más de treinta centímetros de ancho, atado de manos y pies. El tiempo apremiaba, y esa era la forma que había aprendido a cavar, haciendo zanjas un verano para el maestro Pascual.

Acomodó la cabeza de Ariel como si estuviera en una incómoda tina de baño y comenzó a arrojar tierra. El sonido de la tierra cayendo sobre el cuerpo de Ariel, le recordó el entierro del Toño. Entre las gotas de sudor le pareció verlo en cuclillas al borde de la zanja. Fumaba un cigarrillo y tenía una horrible cicatriz en el cuello. Lo miraba fijamente, con ira.

Si el hijo de puta quería salir de ahí, tendría que rezar y recibir ayuda de San Expedito. Iría a ver a Gorki y enviarían un anónimo para que lo sacaran, no sin antes divulgar lo que había estado haciendo. Gorki le diría cómo habían ido las cosas con Amalia y las famosas memorias. Si era verdad, los que visitarían al Ariel serían los ratis de la PDI.

Hace rato ya que las violaciones y desapariciones era un secreto a voces en Montecruz. Era una sociedad que murmuraba pero que no se atrevía a levantar la voz, los raptos no se detenían, y seguro que el hueón del Ariel tendría mucho que decir al respecto. Volvió a colocar la caja de cartón sobre la cabeza magullada y subió al auto.

Estacionó detrás del matadero clandestino. Los "Brocacochis", como se hacían llamar, se harían cargo de desmantelarlo y transformarían las ganancias en monos de pasta. Eran un piño de cabros chicos menores que él, que vivían en las líneas del antiguo tren a la mina. Siempre hay alguien que tiene peor suerte que uno pensó. Eran cabros sin hogar, que en época de angustia ofrecían sus servicios al mejor postor. Se ganaban las monedas haciendo lanzasos en la feria, limpiando parabrisas en los semáforos, pero sobre todo robando autos. Expertos en abrir y desbalijar en segundos. Desvalijaban los autos dejando solo el esqueleto, como verdaderas termitas humanas.

A pesar de ello a veces chuteando una pelota o riendo, aún se veían como niños.

El Chico Mike se acercó a su líder, el pelao Miky.

–Wena Pelao chorizo, te tengo dos peguitas. –dijo el Chico Mike dando las instrucciones al Brocacochi.

Fumando un cigarrillo, caminó hacia la casa de Gorki. Con las primeras luces del alba despuntando y Venus observando con preocupación, bajó una pequeña colina para llegar al patio trasero. Se descolgó con agilidad de la pandereta y estaba a punto de saltar cuando dos fogonazos se vieron en la ventana del living, e inmediatamente después, el sonido de dos disparos, como el anuncio de una tormenta de sangre. Saltó hacia afuera y cayó entre las plantas, desde donde pudo oir gritar a su amigo Gorki como un cerdo atrapado de las pelotas. Al menos sabía que no estaba muerto, no aún. El grito fue interrumpido a la mitad, como quien presiona el botón de pausa.

Se arrastró por los codos hasta la esquina de la casa y vio a dos hombres que arrastraban a Gorki. No necesitó que vistieran uniforme para saber que eran *pacos* o *ratis*. Metieron a Gorki a un auto y partieron. Apretó los dientes y golpeó el cemento con impotencia. Sus manos se empuñaron sobre la tierra. Ahora sabía que al pendejo del Ariel lo protegían y que no estaban jugando. Pero el tampoco. Y no tenía nada que perder.

CAPÍTULO 10. LA GATA Y LA POLILLA

"No estoy en peligro Skyler.
Si golpean a la puerta de un hombre y le disparan,
¿Piensas que seré yo?.
Yo soy quién llama a la puerta.
Yo soy el peligro".

Walter White, Breaking Bad.

Emputada, era la palabra que describía el estado de ánimo de la detective Laura Mardones. Era increíble todo lo que se habían demorado en liberarla incluso después de que el propio fiscal nacional lo había solicitado. Estaba claro que toda la incompetencia y burocracia, estaba premeditada por el General Ratonovic. Dirigía la orquesta y los hacía desafinar a sus músicos a voluntad.

El General Ratonovic la visitó personalmente al momento de la liberación del calabozo.

–Detective Mardones, espero que el encierro le haya enfriado sus locas ideas respecto a mi. Por el bien de la investigación, usted ya no está a cargo, yo lo estoy. Y agradezca que tiene amigos poderosos: si fuera por mí, estaría en este calabozo hasta que termine todo esto. –dijo Ratonovic extendiéndole la orden.

–Usted y sus gorilas dispararon, arriesgando mi vida General, esa es la verdad…la pregunta que me hago, es porqué, ¿qué mas tiene que perder, Ratonovic?. –lo confrontó.

–Perdió la claridad del caso, Mardones. Esto no es personal. Le informo que hay otras prioridades, otras líneas de investigación más importantes que la suya. –dijo.

–¿Como cuales? –dijo Mardones.

–Lo siento, son confidenciales y usted ya no tiene el nivel de autorización. –dijo Ratonovic.

La pista se puso pesada, barroza. Aunque pensó erróneamente que no afectarían su investigación: el procedimiento para obtener las huellas del supuesto conserje, fue soporífero. Cuando por fin apareció el Labocar, dijeron que la huella era solo parcial, y ella misma había visto la obtención del grasoso registro dactilar de la pantalla del computador, era mas notoria que la huella del Milodón. Las puteadas no sirvieron de nada.

El interrogatorio de testigos fue un circo, solo faltaron los tortazos en la cara. Había solicitado recursos, un dibujante para un retrato hablado, personal para interrogar testigos y emitir una orden de búsqueda. Pero nada, era como pedir pizza en un manicomio. La película iba a la mitad y ella todavía estaba comprando cabritas.

El reloj de Dalí se derretía frente a ella, colocaba sus manos pero las gotas del tiempo se escurrían entre sus dedos.

Laura se sumergió en el púrpura del crepúsculo y se dejó caer en el cemento de los estacionamientos de la Clínica Oftalmológica, base de las operaciones policiales. El edificio amortiguaba el caos de la calle. Necesitaba pensar. La temperatura descendia rápidamente mientras el sol se iba a otras latitudes. Encendió un Lucky rojo y subió las solapas de la chaqueta de cuero a la fría brisa que descendía de la montaña. El pelo negro le caía sobre los ojos. Meditaba, mientras observaba como una gorda polilla zumbaba en zigzag directamente hacia la luz del poste. Ignorante y estúpida polilla pensó, justo cuando el bicharraco desapareció con un sonido apagado, ¡poff!. Bajo la semi penumbra del atardecer se esparció una minúscula nube de sus restos calcinados y pudo percibir levemente un olor a bicho chamuscado. Ese vaho de muerte, casi imperceptible, penetró en su cerebro. Tuvo una epifanía: ella era la estúpida polilla, e iba directamente a calcinarse sin darse cuenta.

No necesitaba una orden de captura, ni un puto dibujo, ni a nadie. Conocía el rostro del tuerto conserje y sus manos callosas y mugrientas, manchadas de azul: era la tiza azul que se usa para pulir la puntería en el pool. Encontraría al escurridizo cíclope, estaba segura que era la llave para esclarecer la verdad.

Comenzaría investigando el barrio del Terminal de buses, donde se concentraba la mayor cantidad de topless, bares y salones de pool que podrían encontrase por metro cuadrado a nivel país, el barrio rojo de Amsterdam era un jardín infantil en comparación.

Toda ciudad tiene su gracia pensó. Un héroe desconocido de la Guerra del Pacifico, inmortalizado en una linda estatua cagada por palomas; una iglesia de madera atrapada entre modernos y abarrotados edificios, o antros a puñados llenos. Todos se conformaban con algo de identidad. Apagó el cigarrillo con su bototo, se subió la capucha y se escabulló por las corrompidas y polvorientas calles de Montecruz.

***

El "Ojito" tenia puesto su único ocular bueno en la bola quince, que se estaba "pagando", mientras repasaba la punta del taco con tiza azul. Sonrío y golpeó la bola blanca con el taco, dándole efecto de rotación. La bola golpeó la ocho negra, que al rebotar despachó la quince al abismo de la buchaca.

Tenía talento para jugar pool. En días como aquel, el "punto–bola" le andaba como si los dioses de la geometría le hubiesen sonreído al nacer. El libro "Álgebra de Baldor" debería haber llevado el retrato del Ojito en la portada, montando un camello.

Las apuestas de las mesas no solo le llenaban el bolsillo sino también su alma simple y pendenciera. Y para que andamos con cosas, el ojo de vidrio también le jugaba a favor, desorientando a sus rivales, nunca sabían a qué cresta le iba a pegar.

El "Ronaldinho", era un gigante sudoroso de brazos tatuados por un niño de cinco años y era el dueño del bar–pool–topless–colaciones "Lagarto Rojo". Consideraba al Ojito un astro, y le reservaba la mejor mesa, aquella con el paño inmaculado, los mejores tacos. Además conocía al Ojito desde otra dimensión, de una lejana infancia a *pata pelá* peluseando por los faldeos del cerro de Renca. El Ojito a simple vista se veía lozano, como un chiquillo, pero sacando lupa y mirándolo de cerca se le podían contar los años en las patas de gallo, profundas como el Cañón del Colorado y antiguas como una sequoia. Sonreía cuando recordaba las historias y anécdotas que había vivido el Ojito y que amaba contar, como un chamán

85

milenario, fumando y tragando el mítico "Ron Travolta". Su favorita, era el pelotazo en plenas gónadas de Rod Stewart.

Por allá por el ochenta y nueve, todavía tenía los ojos buenos. Estábamos bajando una chela en el catorce, cuando de la Junta de Vecinos nos fueron a ofrecer luca por el jornal, para ir armar el escenario para un recital que iba a ocurrir en el Estadio Nacional. El de Rod Stewart po, asi que dijimos "Ya, pulento" y partimos con los cabros.

Si po Ronaldinho, era un pendejo de dieciocho años y no tenía idea que estaba siendo parte de un momento histórico: el primer recital después de la dictadura del Pinocho, la madre de todos los conciertos que vendrían a Chilito.

Lo único que sabía, es que teníamos que armar la tremenenda hueá de escenario. Mounstrosa la cagá de escenario. Cuando lo terminamos, era lo más bacán que he visto. Era una pintura gigante de una mina rubia mas rica que la cresta. Tenía como veinticinco metros de alto, en serio hueón, veinticinco metros y no le pongo color. La mina estaba echada pa' tras, como mirando las estrellas, con una pelota de futbol debajo del brazo, y ¡en bikini hueón! como si estuviera en la playa.

En los descansos, se hablaba de palabras nuevas que salían en la tele y en ese tiempo nadie cachaba que chucha significaban. "Congreso", "Diputado", eran nuevas en el diccionario del chileno. Ahora todos sabemos que significan, po Ronaldinho: corrupción. Así estábamos cuando de repente apareció don Palta, el jefe de la obra, con el mismo gringo, el Rod Stewart ahí hueón en carne y hueso. Era un hueón con la media chasca rubia, andaba con una polera choca y nos saludó con la mano. "Helou yentelmens", nos dijo. Tu cachai Ronaldinho que yo he viajado, así que puedo decirte que nos dijo "Hola caballeros". En ese tiempo no cachaba ni una hueá.

—Cabros, aquí les presento a Don Rod, este hueón cantará mañana cuando terminen esta tremenda cagá de escenario que se le ocurrió traer, pos oye—. Nos dijo don Palta, riéndose el hueón, seguro que Rod Stewart no entendía ni palote de español.

—A Rod le gustaría jugar una pichangita, si se animan, —nos dijo. —Una Pepsi para el que juegue y una jaba más para el equipo que gane.

Que nos dijeron, nos repartimos en dos equipos entre el Rod Stewart y don Palta. Marcamos los arcos con poleras y se pidió lado. A mi me tocó con don

Palta. Al principio no quería meter la pata, pero cuando el gringo se bailó a medio equipo y se mandó manso ni que golazo ya no hubo tapujo pos Ronaldinho, estaba en honor el orgullo nacional.

Y se jugó como si fuera la final de la copa mundial. Con garra y talento. El arquero, el guatón Araya, despejó y la paré de pechito. El gringo era "patitas con sangre" y se me vino directo a pegar el hachazo, ni miró la pelota el hueón; así que quise sacar el pase, pero me salió el tremendo puntete directo a los cocos de Rod Stewart, quien en un clásico gesto técnico de intenso dolor, se contrajo como un chanchito de tierra en los verdes pastos del Estadio Nacional.

***

Mosqueada ya de recorrer sin resultados los infinitos antros del barrio del Terminal de buses, dignos de las más terroríficas películas, Laura Mardones ingresó alrededor de la una de la mañana al sucucho conocido como el "Lagarto Rojo". El nombre era bastante opulento para la maraña de mesas de masisa prensada y sillas de todos los plásticos, colores y auspiciadores. Tras las mesas de pool, semi iluminadas y dispuestas sobre un radier más desigual que los salarios de Chile, había un supuesto lagarto rojo pintado en el muro. Tenía más pinta de un anémico dinosaurio Barney que de un temible ser mitológico.

Algunos paisanos la miraron, pero perdieron rápidamente el interés. Su facha no distaba mucho de las locas de patio, punks y putas que pululaban por el sector a esas horas, es más, su rostro delgado daba pie para confundir con una galopante adicción a la pasta base o a los pegamentos. Su bajo perfil era su camuflaje. Dejó atrás el polvoriento y poco surtido bar, que no salía de cajas de Clos y botellas de "Ron Travolta". Enfiló hacia la parte trasera, donde el bar terminaba en dos puertas abatibles al más puro estilo del Viejo Oeste.

Tras ellas, habían más mesas de pool, todas vacías, excepto una, sobre la que una mujer en *baby doll* se encaramaba en una sensual posición. Un cliente parecía dárselas de mecánico mentiéndole mano y las proporciones cetáceas de la mujer le hicieron cuestionarse la estabilidad de la mesa. Le vino la idea de un monstruo marino de las profundidades atacando un trasatlántico, y le dieron hasta ganas de gritar "!A los botes salvavidas. La Detective Mardones había dado con el sospechoso.

***

El Ojito estaba abocado en revisar el nivel de líquidos a la Yessika, cuando su instinto de supervivencia le ordenó prestar atención. Una flaca tirada a vampira gótica importada de la vieja Transilvania había entrado al "vip". Lo observaba con atención. Cuando su única pupila se encontró con las pupilas rojas como brazas de la Detective, se dio cuenta de quién era.

Le lanzó el taco como si fuera una jabalina, directo al corazón de bruja de Salamanca. El Ojito se lanzó a si mismo en la dirección contraria, hacia la puerta trasera.

Mardones apenas tuvo tiempo de esquivar el proyectil, que se estrelló con fuerza contra el contador de pillos. Saltó sobre la mesa y pateó con fuerza a la monumental acompañante cuando esta intentaba cerrarle el paso como un miembro de los *All Blacks*. El falso conserje había huido por la puerta trasera.

Salió a la madrugada, a un callejón mal iluminado y copado de carretones que esperaban el amanecer para comenzar la feria de verduras y mercaderías Made in China.

En ese momento, dos pacos de civil entraban al "Lagarto Rojo".

La Detective Mardones corrió. El escurridizo reptil intentaba despistarla entre las ruedas y cajones, derribando cebollas y papas a su paso. Pero ella había olido su presa y no iba a perderla tan fácilmente. Dobló en la esquina, lo perdió un segundo cuando cayó en cuenta que estaba trepando la pandereta de la antigua estación de trenes, como un guarén. Alcanzó a divisar que una luz roja parpadeaba en el tobillo del sospechoso. Una tobillera.

El lugar estaba abandonado, como tantas otras dependencias de ferrocarriles en el país. Recordó al Ministro de Transportes entrevistado en las noticias. "Jamás se ha perdido un peso en ferrocarriles", e insistiendo en ello cuando se lo llevaban esposado junto a los directivos por malversación de fondos públicos.

El prófugo era un gran atleta. Tanto mejor, a ella le excitaba jugar al gato y al ratón. Se detuvo y escuchó con atención como saltaba y corría por las líneas muertas y sin propósito, como el abandonado juguete de un niño que ya creció. Subió a un vetusto vagón y esperó.

Diez minutos después de completa inmovilidad, divisó una silueta que reptaba por debajo un vagón de carga. Se descolgó sigilosamente en la penumbra. Subió al techo de un vagón de pasajeros que alguna vez había visto tiempos mejores y menos *tags* de grafiteros en sus costillas. Sonrió al contemplar a su presa arrastrarse justo abajo.

Con la luz de la luna a su espada, saltó. El Ojito miró hacia arriba pero ya era demasiado tarde. La Detective caía como una sombra sobre él. Sintió la fría Glock contra su cabeza.

—A ver "Señor Conserje", te voy a dar la oportunidad de tu vida. Vai a participar en un concurso, se llama "si se la sabe, cante". —dijo Mardones.

—¿Pero *Siñorita* que hice, así? Si no estoy detenido me puedo *virar, toi vío.* —respondió.

—Ya hueón, canta o disparo. Escupe. Quien te mandó al colegio. —ordenó La Detective Mardones con seca autoridad.

—No me dispare por favor, yo no se qué me está diciendo, ¿estoy detenido?. —contestó con voz taimada.

—Agresión a un oficial, resistencia al arresto, obstrucción a la justicia… y fugado el hueón, esa tobillera no es que este a la moda.

—Noooo que fugado?, No *pa' na* si era inocente. —El Ojito cambió el tono como si lo hubiese poseído un abogado. —Inocente mientras se pruebe lo contrario, y la evidencia en contra del acusado no fue concluyente.

La Detective no le prestó atención. —Lo más grave, cómplice de secuestro. Puta, te van a aplicar la nueva ley antiterrorista. Te va a crecer un ojo nuevo en la *cana,* si es que llegai a la *cana* flaco. —continuó. —Los que te buscan, te quieren frío. ¿ahora *tai vío*?.

El Ojito se puso sombrío.

—Entonces, me van *a pitear* en cualquier momento, ¿ah?. —lamentó.

—Parece que estai entendiendo tuerto. Así que, te preguntaré por última vez: ¿Quién te mandó al colegio?.

Laura que creyó haber perdido la capacidad de asombro hace mucho tiempo, fue angustiándose a medida que el Ojito escupía un desesperado relato.

Con la bruma de la madrugada, enfundada en su chaqueta de cuero, la Detective Laura Maldonado quemó los neumáticos de la Mitsubishi al salir disparada en dirección a la casa de Gorki, y allí enfrentar la verdad más oscura. Mientras conducía manipuló su celular. Tenía incontables llamadas perdidas y un mensaje en la pantalla. "Código 55, rehenes liberados".

CAPÍTULO 11. SÍNDROME ESTOCOLMO

Las panaderías todavía no horneaban las primeras marraquetas, ni los periódicos salían a la calle. Ni el gallo había dado la alarma aún cuando el Chico Mike se caminaba de un lado a otro al interior de su colegio Saint Expedit School. Rodeado por una inusual neblina matutina para el mes de noviembre, caminaba de un lado a otro como un tigre de circo.

Estaba desesperado. No tenía como enfrentar a quienes protegían al Ariel y que como represalia de sus actos, habían secuestrado a Gorki y quizás, estaban tras la pista de Amalia. Ella era inocente pero su prescencia en el departamento podía haberla puesto en peligro, en cualquier caso, no tenía como protegerla. Pensó ir a su casa, pero el alba llegó demasiado pronto y la noche ya no lo protegía.

Tal vez existía una salida, una que involucraba pagar un alto precio. Evitaría que Ariel y sus sicarios actuaran en la impunidad, ya había sido suficiente. Tantas niñas violadas y desaparecidas y ¿ahora esto? No mas. Secuestraría el colegio. Debia llamar la atención para que el mundo volteara a escucharlo y entonces denunciaría a esos perros asesinos.

Se agazapó tras las ligutrinas del patio interior y espero a que el tiempo desangrase minutos y segundos. El colegio comenzó a poblarse de risas y carreras en el cercano patio principal donde pronto los alumnos se formarían como cada lunes, a cantar el himno patrio y rezar al Pulento. Estuvo a punto de ser descubierto por los hermanos García que desayunaban un cigarrillo clandestino.

Pensó en hablarles, pero no podía confiar en nadie. Era su turno de mover. En el tablero solo tenía peones atrapados, la reina en peligro y el rey escapando de un jaque constante. "Mientras el rey sobreviva, lo demás vale callampa" le había dicho una vez su amigo el "Huevo Calao".

Decidió saltar sobre los hermanos García. Los apuntó con un arma.

—¡Caminen los hueones!. —ordenó el Chico Mike.

Los alumnos ya estaban formados para cumplir el rito patrio y entonar el himno nacional. Luego de desafinar de lo lindo, el somnoliento conglomerado de futuros ciudadanos tuvo que rezar el Padre Nuestro. Como bono por ser el mes de Maria, tuvieron que rezar el Ave María. En medio de esta algarabía, el Chico Mike apareció de pronto com o Chuck Norris, cargando una mochila, pistola en mano, y con unos llorosos hermanos García al frente, y sin darse cuenta, aún con el cigarrillo en la mano.

El alumnado no entendía nada. Quedaron todos mudos y paralíticos. El párroco que dirigía la prédica, corrió como si hubiese visto el mismo diablo, dejando el escenario y micrófono abierto al Chico Mike.

—Esta hueá es un secuestro, y tengo una bomba en la mochila. ¡Salgan todos del colegio ahora! Menos ustedes, menos el primero medio. —gritó por el micrófono.

—¡Ahora, o me los *piteo*! ¡primero medio a su sala, ahora!. vociferó y disparó su arma al cielo.

El instinto de conservación se apoderó de los estudiantes. Se produjo el caos. Mientras el Chico Mike dirigía al primero medio a su sala, una estampida digna del Animal Planet dejó varios cabros chicos aplastados. Niños, profesores y administrativos, huyeron despavoridos dejando el patio absolutamente vacío en pocos segundos. El Chico Mike terminó el trabajo sacando a un par de cabros congelados de miedo. También se deshizo amablemente de la mascota del colegio, la perrita "La Mente en blanco" sin dejar de acariciarla y pedirle disculpas.

Mike obligó a dos asustados compañeros de curso a trancar la puerta principal con sillas. Colocó la mochila sobre ellas.

—¡Si alguien entra, la bomba explota!. —Gritó al exterior indicando la mochila.

Se fue a la sala del primerio medio y ordenó juntar todos los celulares en una bolsa. Sus compañeros se agolpaban pidiendo explicaciones y Pepe Lucho entre ellos, lo miraba envuelto en pánico.

–¿Qué paso, Mike, donde está Amalia y Gorki?. –preguntó.

Mike lo ignoró. Cerró la sala de un portazo, alterando aún mas las voces.

Mike dio un saltito y se sentó sobre la mesa del profesor. Levantó la mano pidiendo silencio. Suspiró y narró a sus compañeros lo que habían sido las últimas veinticuatro horas. Gorki había sido secuestrado por la policía y Amalia probablemente corría un gran peligro. Lo miraban con suspicacia, lo veia en sus rostros.

Les cuenta de Ariel. Él era quien precisamente había drogado y violado a muchas niñas en Montecruz. Pregunten a la Vale. La Vale se puso roja y asintió lentamente rompiendo en llanto. El curso se dividió entre quienes le creían y los que no. País de mierda, siempre dividido. Mike miró a Pepe Lucho y le pidió que hable. Pepe corroboró su propia historia de agresiones y como ha sido testigo de los abusos. Con las horas, el partido del Chico Mike fue sumando adeptos. Ya se sienten en una aventura y se les ocurre hacer el video.

La policía lo explicaría como el Síndrome de Estocolmo, donde los rehenes desarrollan una complicidad con el secuestrador.

Esa noche al interior de la sala, y los cuerpos se aglutinan proporcionándose calor y porque no, algunos besos locos y *corridas de mano* en la penumbra. El Chico Mike toca en el hombro a Pepe Lucho para que lo siga al pasillo cubierto, lejos de sus compañeros rehenes y a salvo de los francotiradores del GOPE. Cada cierto tiempo, un foco fisgonea medio metro frente a ellos, y las miras láser aparecen cada tanto como luciérnagas radioactivas.

Bajo el escrutinio de la luna llena, Mike saca la cajetilla y le ofrece un cigarrillo a Pepe, quien lo pone en sus labios. El Chico Mike le convida lumbre. La luz del fósforo lo ilumina como un pequeño sol. Mike observa el rostro agradable, los ojos almendrados y cabello castaño. Pepe le sostiene la mirada. Mike comprende cómo ha crecido, dejando la crisálida de niño abusado y cobarde para dar paso a un hombre decidido. Le habla con la verdad.

—No seai ahueonao Pepe, no estoy enojao porque le *soltarai la papa* al Ariel. A "las finales", fue culpa nuestra por llamarte al celu. Pienso no ma´, ¿quién chucha le avisó a los *pacos,* Pepe? El único que sabía erai vó. —Dijo.

Pepe soltó el humo del cigarrillo.

—Sabes, me acostumbré a que el Ariel me pegara. Y eso algo que nunca me había dado cuenta, hasta esa noche en la fiesta. Ese dia fue el que ustedes me salvaron, loco.

Asi que después de toda esta cagada, el único que ha ganado aquí soy yo. Se acabaron mis años de *bullying* de ese hijo de perra. Y es gracias a ti y al Gorki. Así que no, no le dije, ni diré nada a nadie.

Mike asintió en silencio.

—El hueón del Ariel tampoco habló. Ya cachaste que no se escapó, ¿no?. —Preguntó Mike.

Pepe asintió con el cigarrillo en su puño.

—Si el Ariel hubiese hablado, ya lo sabríamos. —exhaló el humo—. ¿Lo mataste?.

—Casi, le pegué un palazo de aquellos, por hueón. —Sonrió maliciosamente Mike. —Pero no lo maté.

—Podría haber sido peor. —replicó Pepe.

—Eso va a ser cosa tuya, tu decisión. —dijo Mike acercándose a Pepe. —Al fondo de la cancha del Unión, al lado de la animita del Hans, hay una caja de cartón, ahí está desde el sábado el hueón del Ariel. Enterrado hasta el cogote.

Pepe reflexionó. Apagaron la colilla en las baldosas al mismo tiempo y se incorporaron.

—¿Quieres que lo haga?. —preguntó Pepe.

—Hueón, podría habérmelo *piteado* ahí mismo, o en el depa, o haberlo desaparecido y nunca más lo hubieran encontrado. ¿Pero qué hubiera pasado contigo? Hubieras quedado envenenado para siempre, la pule. Se de lo que hablo. Nah, escucha hermano… este es tu derecho.

—Si vó nunca hubierai dicho nada, ese hueón habría seguido en la suya, de *winner*, violando y desapareciendo cabras, abusando igual como lo hacía contigo. Pero hueón, cuando se necesitó, fuiste valiente. Y es mas de lo que muchos hueones hacen en toda su puta vida. Y eso vale. –dijo Mike.

No había más que hablar. En silencio fueron a buscar a algunos compañeros y compañeras. Era la hora acordada. Caminaron sin hablar por el estrecho pasillo que como un cordón umbilical, los comunicaba con el exterior.

–Son pulentos cabros. –Dijo Mike. Les dio la mano uno a uno y un abrazo a Pepe. Quizás nunca más los vería. Salieron a la calle con las manos en alto. Una lluvia de flashes, ladridos y gritos sucedieron a su aparición. La escotilla de escape se trancó tras ellos.

***

El General Jorge Ratonovic dobló su metro ochenta para introducirse al auto estacionado en una de las calles periféricas y mal iluminadas de Montecruz. En el interior lo esperaba el Director Burgos.

–Ya habló. –dijo al acomodarse. Costó que hablara el cabro hueón, pero habló. Ya sabemos dónde están tus famosas memorias. ¿Qué hacemos con él?

El Director levantó una mano implicando "no me importa" y esperó a que el General continuara. Conocía tal cual su propia sucia conciencia cómo su socio se manejaba en estas circunstancias. Se cobraba los favores de inmediato, en *cash*.

–Estoy cansado, Máximo. –dijo el General Ratonovic. Apoyó la cabeza en el asiento de cuero del BMW. –A veces cierro los ojos y sueño con el Sur de Chile, tan verde y tranquilo. ¡Ah!, ¿recuerdas esa parcela a orillas del Lago Caburga de la que te hablé?, eso es lo que necesita un cuerpo agotado como el mío. El otro día contemplé el mail con el anuncio, todavía está disponible, como esperándome.

–Jorge, sabes que soy una persona bastante espiritual, y no hay nada que regocije más mi alma que ayudar a un fiel amigo como tú. Sabes tú, querido amigo, ¿cuánto vale ese pedacito de paraíso en la tierra?.

–¡Ay! amigo, inalcanzable para un servidor público como yo, –se lamentó el General Ratonovic con un dejo de intencionada sobreactuación. –Pero para ti, próspero amigo, dueño de constructoras e inmobiliarias y próximo Alcalde de Montecruz, no es nada. A propósito, te tienes que deshacer de algo de liquidez, Máximo, o no podrás ser alcalde. –bromeó ratonovic. –Bueno, es una inversión de solo quinientos millones, y doscientos más para disfrutar el retiro como se debe, con una lanchita para salir de pesca…sino, ¿de que sirve estar a la orilla de un lago tan bello?.

Ambos conocían el libreto, como dos viejos actores de Circo pobre que han repetido su rutina por demasiado tiempo.

–La Parcela bastará para ti amigo. –sentenció El Director Burgos. –El único pescador es el Señor, y su misión es pescar. Pero también se preocupa de sus enemigos. Recuerdas Exequiel 25:17? "Me vengaré de ellos terriblemente, los castigaré con ira, y cuando haga esto, reconocerán que soy el Señor". –No quieres que me preocupe más de la cuenta, amigo. Sabes que la preocupación me lleva a la frustración. Y a la ira. Y la ira es mi demonio personal. Cada día me enfrento a ella y no creas que es fácil Jorge, a veces pierdo la batalla.

–La Parcela bastará mi amigo.

–Si la parcela bastará. Gracias, eres muy generoso. –repitió Ratonovic, retorciéndose en su asiento. Sabía hasta donde era prudente presionar al Director y ya estaba a punto de ebullición. Quizás tendría bien controlada su cabeza a base de píldoras y cocaína, pero era una bomba de tiempo. Ya lo había visto explotar más de una vez, y alucinar, muchas más.

–Mi mejor hombre fue por las evidencias, y me llamará en cuanto las tenga. –dijo.

El General tragó saliva y se dio valor para continuar.

–Máximo, nunca me han importado tus aventuras… siempre las has manejado adecuadamente. Pero esto se ha complicado demasiado, sabes, más que la hija de Dibri. Con el secuestro del colegio y esa Detective hincha bolas dando vueltas. Quizás cuando todo se calme, podrías dejarlo por un tiempo, recuerda que al Señor, "el que tiene oídos para oír, que oiga".

–Amén. Tú sabes Jorge, que esto no lo he hecho yo, es un designio del mismo Dios. Debo continuar mi misión amigo, debo guiar esas almas. Y no es fácil. Recuerda el Apocalipsis, "Velad, pues, porque no sabéis el día ni la hora en que el Hijo del Hombre ha de venir". Debo continuar mi purificación, aunque me duela. Yo no disfruto de esto, soy solo el mensajero, el designio es del mismo Dios.

–¡Y al hacerlas parte de mí, estarán más cerca del Cielo, y cuando el Hijo del Hombre se vuelva carne otra vez, serán salvadas!. –el Director estaba exaltado. Sus ojos estaban desorbitados.

¡Y sí será, lo he visto, el Señor me lo ha mostrado!.

El teléfono de Ratonovic vibró, dándole una excusa para salir de la situación.

–Le informaré de las novedades Director. –el General se apeó rápidamente del auto. –Cuanta coca se habrá metido por Dios. –dijo por lo bajo.

***

La Detective Laura Mardones era decidida, cual cóndor hambriento que divisa un conejito moribundo, pero ahora estaba a punto de lanzar una moneda al aire.

En una mano tenía una gran presión Policial, como un globo lleno de mierda a punto de explotar. El Fiscal ya había llegado a Montecruz y la había llamado más que un marido celoso. Tenía furibundos mensajes que solo le faltaban anunciarle la lapidación pública. Y el hecho de que habían sido liberados rehenes.

En la otra, la confesión de, según expediente, Rafael del Carmen Capuleto Rodríguez, alias Ojito de Peluche.

Según su confesión, el Chico Mike, había aparecido su rostro la noche anterior tremendamente asustado, cosa extraña para el Chico Mike como había hecho notar el tuerto. Había visitado la casa de su amigo Gorki cuando escuchó disparos y vio como se lo llevaron dos policías de civil. Sin salida, había decidido secuestrar el colegio. Aprovechando las mil caras de su amigo Ojito, le pidió ayuda para encontrar ayuda. Eso era todo lo que sabía el Ojito.

Lo dejó esposado en la estación de trenes, pero seguro que el tuerto tardaría menos que Houdini en quitárselas. La lógica y su obeciencia la urgían a volver al colegio. Sin embargo, algo no encajaba. Y si erraba, perdería no solo su placa, sino que podía terminar en la cárcel y no quería pasar el verano recogiendo el jabón.

Subió a su vehículo. Encendió el radio policial y esperó. La línea no paraba, parecía, la radio del Rumpy. Cerró sus ojos. Había revisado los reportes policiales del último fin de semana y no había encontrado ningún procedimiento por violencia intrafamiliar, o un *domiciliario* o balaceras en el sector que aludía el relato del Ojito. De hecho, cuando hizo su tarea acerca de la ciudad, recordaba que el barrio donde se localizaba la casa de Gorki, no estaba marcado como una zona peligrosa en el mapa. En realidad era bastante tranquilo y residencial.

Aceleró. Diez minutos después se bajaba delante de la casa de Gorki. El portón de calle estaba entre abierto y en el patio anterior, estaba mal estacionada una Chevrolet Luv roja. Posó la mano sobre el capot. Estaba frio. La puerta de la casa estaba entreabierta. Se le pararon los pelos de la nuca. Sacó la Glock e ingresó.

El interior de la casa era la escena de un crimen horrendo o una puerta al infierno; una mujer, probablemente la mamá de Gorki, yacía de espaldas sobre una destrozada mesa de centro, con un disparo a quemarropa que le había atravesado el pecho. Un hombre grande como leñador de cuento, yacía sobre la mesa del living. Tenía un forado en la nuca.

Por instinto sacó el radio, pero lo volvió a guardar. Si el uno por ciento de la confesión del Ojito era verdad, no podía confiar en nadie. Revisó la casa. Rehizo mentalmente la matanza. No encontró pistas en el interior. Salió al antejardín y revisó la camioneta roja. En el piso del asiento del pasajero, encontró un celular con un autoadhesivo de "Hello Kitty". Lo encendió y en la foto que apareció en la pantalla, aparecían dos jóvenes sonrientes y saludables; Amalia Soto y el Chico Mike.

CAPÍTULO 12. HIPÓTESIS

La noticia del asesinato de la familia de Gorki alimentó la gula morbosa de los noticiarios, que develaron sangrientos e innecesarios detalles.

El pobre feriano fue asesinado de un tiro en la nuca. Don Gorki viejo, era muy querido en el barrio a pesar de su temperamento. "Muy trabajador", "un pan de Dios", eran los epítetos más recurridos por los entrevistados. Tampoco se escatimaban elogios para la difunta señora Ema, su esposa, devota del Centro de Madres y activa trabajadora de la Feria Modelo. "La echaremos de menos" decían las compungidas vecinas. Aún no se conocía el paradero del único hijo de la familia, y se temía lo peor.

La policía había sindicado como único sospechoso del crimen al también responsable del secuestro del colegio Miguel Lieman, alias "El Chico Mike". El jefe de policía, el General Ratonovic, indicó en rueda de prensa que "Las pruebas son contundentes, las balas con las que se asesinó a la familia Henríquez, corresponden al tipo de arma visto al delincuente de la toma de rehenes del colegio San Expedit School".

Los noticieros hicieron amplios reportajes del origen mapuche del Chico Mike. El periódico "El Mercurio de Montecruz" se explayó extensamente de pruebas científicas de que ciertas razas de personas tenían predisposición genética a la violencia, lo que explicaba en parte los hechos, ya que era el combustible necesario para la fatídica mezcla. La chispa la ponía una mala semilla, regada con violencia, con una infancia marcada por hogares de menores y sus abusos: raya para la suma, se estaba frente a una combinación mortal, un antisocial de la más terrible especie.

Y esto se discutía acaloradamente en las redes sociales, en los trabajos, bares y casas de remolienda. Los mas radicales hablaban del fin de la sociedad tal como la conocemos, víctima de una espiral apocalíptica de violencia. En las iglesias, los pastores anunciaban el advenimiento, pronto sonarían las trompetas en El Cielo. En las sociedades terratenientes se hablaba de escaladas de delincuencia y entre ellas, se escucharon voces tenebrosas que hablaban de segregación; en la calle, de conspiraciones y corrupción, y en los suburbios en voz baja, con sentimientos cargados de escepticismo y amargura, se hablaba de secretos a voces y males arraigados hace mucho tiempo en las entrañas de la ciudad.

El Director Burgos era entrevistado en un inagotable circo mediático, repitiendo sus comprensivas pero firmes opiniones: la policía debía actuar rápido y acabar con el peligro a cualquier precio. Todo estaba predestinado, y todo estaba en manos de Dios.

Estaba agotado, pero transformarse en el centro de atención lo ponía como el conejito Duracell. Igual inhalaba energía entre comerciales. Estaba eufórico y la dosis bajaba rápidamente. Necesitaría pronto mas polvo mágico. En las entrevistas, lucía sus mejores y más sobrios trajes. Se mostraba como un líder, como debía actuar el futuro alcalde de Montecruz.

El pauteado notero de la edición central de noticias, le había hecho la pregunta de rigor.

–Buenas tardes, estamos en vivo en el estudio de MonTV con el Director del San Expedit School, Máximo Burgos (del cual dicho sea de paso, fui alumno). Don Máximo, comprendo que nuestros televidentes pensaran que es un mal momento para preguntar, pero, dada la necesidad de un líder, y siendo un miembro destacadísimo de nuestra comunidad, estaría dispuesto usted a postularse a las próximas elecciones para la alcaldía de Montecruz? Mal que mal, los vecinos ya deben comenzar a preocuparse por estos asuntos, ¿no cree usted?. –dijo el periodista.

–Tiene razón, querido León. (Que por lo demás, lo recuerdo a usted con mucho cariño, como un muy bien alumno. Siempre le adiviné ese don divino para la comunicación). Bueno hijo, el Creador nos trazó a todos un camino en este mundo, y el mío, que he aceptado humildemente, es el de guiar a otros, ayudar a los perdidos a encontrar su propia senda. "Venid a mí y os haré pescadores de hombres", dice Mateo. –dijo con satisfacción.

El periodista León Lorenzino agradeció la presencia del Director, el cual agradeció a su vez la oportunidad, y se escabulló rápidamente al baño, a espolvorearse la nariz.

***

Mientras tanto, Pepe Lucho caminaba por las callejuelas más alejadas del centro y la atención de Montecruz, en post de la cancha–peladero–basural del agónico Deportivo Unión Montecruz. Si alguien lo veía, se haría el desorientado y acusaría estrés post–traumático. Luego de la abrumadora experiencia del secuestro y el extenso interrogatorio por parte de las policías nadie lo cuestionaría.

En los múltiples interrogatorios que fueron sometidos, no reconoció a la vampirezca detective que le había hablado el Chico Mike. No confió en nadie. En el centro de operaciones policiales, puso su mejor cara de niño compungido, hasta que sus padres terminaron drásticamente los interrogatorios con un rotundo "es suficiente". Su papá incluso, evitó que los periodistas que se apostaban afuera de su casa lo desollaran vivo, ingresándolo tapado con una chaqueta. "No creas que no puedo defender el honor de la familia", le dijo. Asi que eso le importaba, el honor.

Durante la noche se desvelo considerando las posibilidades y bifurcaciones de sus próximas acciones.

Se levantó al alba. Se colgó la mochila, una botella de agua y caminó hacia el este. Contempló como el cielo negro daba paso al púrpura. Desde una elevación pudo divisar la cancha.

Caminó con decisión hasta donde el caompo de juego colindaba con una población, separada por los restos de una pandereta y un gran *collage* entre basura, escombros y una animita que recordaba el asesinato y violación de una menor. Con el tiempo se había transformado en un lugar de peregrinación para las almas creyentes del sector. La animita estaba rodeada de placas de agradecimiento, donde se leía "Gracias por favor concedido", "gracias por sanar a mi niño", etc. Flores plásticas, empolvados peluches y murales de arte callejero recordaban a la difunta.

Frente al desaparecido arco sur había una vieja caja. Su decoración contaba que alguna vez contuvo el feliz aguinaldo de un obrero. Se movío en círculos alrededor de ella antes de atreverse a abrirla. Su reciente confianza se había derrumbado como un viejo puente, y era nuevamente la asustadiza y abusada criatura de Ariel. Su cabello castaño, reflejaba el sol naciente como si estuviera en llamas. Se obligó a reaccionar, y levantó la caja como si fuera un regalo de pascuas…

Quedó perplejo. Había una maltrecha cabeza. Estaba amordazada, sucia y resquebrajada como una momia Chinchorro. Tal como en el planeta Marte, había huellas de antiguos flujos de agua desde los ojos, la nariz y boca. Si no fuera por un murmullo constante hubiera sido dudoso que fuese real. Los ojos de la cabeza llamada Ariel se entreabrieron y comenzaron a llorar y a murmurar lastimosamente.

Al menos parecía vivo, mas vivo que el padre de Gorki, ahora un trozo de carne congelado en el refrigerador del Servicio Medico Legal. Sintió rabia. La represalia por lo que había hecho, había sido brutal. Era claro que quienes maquinaron para defender al Ariel, estaban metidos hasta las nalgas.

En ese momento un asqueroso bicho alado salió volando de la oreja de la cabeza, e hizo que Pepe Lucho contuviera una arcada con la mano.

Lo atacó la curiosidad al ver que Ariel estaba sonriendo. Intentaba decir algo. Sus resquebrajados labios manchaban de sangre el sucio bozal.

Ariel entreabrió los ojos. El sol matutino le daba en la cara, y creyó que la silueta de Lucifer, con su cabellera en llamas, lo observaba. Pensó que finalmente había muerto. Sonrió.

Pepe Lucho se agachó de un solo movimiento, como quien encuentra un billete de diez lucas en la calle. Pepe torció la cabeza hacia un lado, como un quiltro. Con mucho cuidado retiró el mugriento bozal.

–¡Ah! –exclamó Ariel. Boqueaba como un pez fuera del agua, extrañamente feliz a pesar del maltrato del sol, la deshidratación y los bichos.

Pepe le dio un poco de agua.

–Ariel, soy yo, el Pepe. –dijo con timidez.

Ariel miró a su alrededor desorientado.

–¿Que...? Donde...!Tú, traidor conchetumadre!. Que estai esperando hueón, sácame de aquí. –ordenó Ariel. Pepe Lucho presa de años de adiestramiento se agachó con la intención de escarbar la tierra alrededor de Ariel. Se dio cuenta que Ariel estaba aterrado.

–Apúrate mascota, me lo debí por no matarte antes. Debe creer que hablé por culpa tuya y de esos picantes. –dijo Ariel, asustado.

Pepe Lucho le siguió la corriente. –Tienes razón Ariel, yo creo que pueden venir en cualquier momento...

–Estúpido, claro que el Director va a mandar a alguien por mí, ¡apurate!.

–El Director...–repitió Pepe Lucho.

–Deja de repetir y dame agua. Pepe se sentó con las piernas cruzadas y e intentó darle un poco de agua, pero solo bajó por su cara dejando una mancha de limpieza. Algo no andaba bien con los circuitos de Ariel.

–Ahora, dime porqué el Director va a venir aqui.

–¿Crees que se va a ensuciar los zapatos? Va a enviar a sus matones. Ahora, cava, y deja de hablar huevadas, que me quiero ir a la playa.

–¿Qué hay en las grabaciones, el Director...?

–¿Quien mas? el viejo cabrón del Director, el respetable Director Burgos. A punta de viagra y coca lo volvimos a hacer hombre. Estoy un poquito incómodo...

Pepe Lucho procesaba y no estaba seguro cuanta verdad había en la verborrea del Ariel

–...¡Mis trofeos! Ariel alzó la voz y las resecas cuerdas vocales silbaron. –Están todas ahí, todas las pendejas que nos comimos, las que gozamos y abofeteamos con el Burgos. Puta el viejo degenerado, me daba risa verlo con la hueá fláccida, ja ja. –Ariel continuaba hablando, con una delicada mezcla de sangre y saliva colgándole del labio.

Pepe Lucho pensaba que debía volver lo antes posible y cumplir con lo pactado con el Chico Mike; ubicar a la Detective Laura Mardones y contarle todo. Mike había dicho "Ahora nos la jugamos, habla con la flaca, cuéntale todo". Raro que el Chico Mike confiara tanto en una desconocida, pero eran tiempos desesperados.

Antes, debía hacer una pregunta más al oráculo.

—Dime una cosa más, ¿te acuerdas de la Ester, mi hermana?. —Pepe tragó saliva.

—Me acuerdo, me acuerdo…mi primer trabajo… la crespita, rica, con ese culito de miel. Le di rudo si… tenía como doce cuando…

No pudo continuar. Recordó a su hermana, su comportamiento retraído, su falta de confianza, su miedo constante. Pepe Lucho con la cara contraída, le dio una cachetada con el revés de la mano que le cortó los nudillos al golpear los perfectos dientes de comercial de Colgate.

—Pídeme perdón. Pídeme perdón por todo lo que le hiciste a mi hermana. Me importan una mierda lo que me hiciste a mí, solo pídeme perdón por mi hermana Ester y te dejo vivir.

—Tú no tienes derecho a pedirme nada, ¿no te das cuenta? Erí un conejo y yo un cazador, soy tu puto Amo y decido por tí. Un día me agradecerás, porque a lo mejor un día, tu cerebro diminuto se dará cuenta que fuiste parte de algo mucho más grande.

Pepe Lucho, como un experimentado Bombero, enterró con fuerza la botella de agua en la boca de Ariel. Saltaron trozos de los impecables dientes. Dejó caer la caja sobre la cabeza y volvió sobre sus propios pasos.

***

Amalia despertó totalmente desorientada. Miró la hora en el reloj su velador y descubrió que ya era mediodía. Estaba muerta de hambre. Si estaba en lo correcto, había dormido todo el día lunes.

Sentía como si hubiese renacido. Se estiró como un gato. Había pasado intermitentemente de la vigilia al sueño, del sueño al coma. No sabía exactamente qué había pasado. Venían a su mente confundida imágenes, *flashes*. Había voces, estaba en la discoteque y conversaba con Ariel. Se sentía desinhibida, ardiente, ardiendo giraba, se tocaba y veía el rostro de Mike, el de Gorki, veía sangre, oía gritos, olía miedo.

Recordaba despertar con una chaqueta de hombre. ¡Verdad! Y sin sostenes, sin celular. Su mamá le había dado una de sus multiples pastillas "para relajarla", de ahí todo se hizo más vago aun. Recordaba su mamá meciéndola, diciéndole que todo estaría bien, llorando y dándole otra pastilla. Había algo más que recordar, algo que tenía en la punta del cerebro.

Alguien golpeaba la puerta de su dormitorio como tratando de echarla abajo. Recordó las malditas memorias.

CAPÍTULO 13. EL AUTÉNTICO

"Brilla, diamante loco.
Amenazado por las sombras de la noche,
E indefenso bajo la luz."

Pink Floyd

El Chico Mike era más bajo que el promedio, y nunca encajaba en ningún mueble o infraestructura creada por el hombre. Habían siempre algunos centímetros de incomodidad. En ese momento sus piernas se balanceaban de la mesa del profesor mientras aspiraba el humo del cigarrillo. Miraba más allá de sus compungidos pero aperrados compañeros.

Estaba en medio de una polvorienta encrucijada, tratando de desentrañar su destino entre caminos que iban a morir más allá del crepúsculo.

Todas las fichas estaban sobre la mesa y era su turno de rodar los dados, y en este casino el premio era salir con vida y salvar a sus amigos.

Amalia no había ido al Colegio. Eso significaba que estaba muerta o secuestrada. Amalia, víctima de ese hijo de puta y mas encima víctima de su plan infantil del orto. ¡Por la chucha!. Tampoco había sabido nada de la Detective, lo que significaba que ni Pepe Lucho había hecho contacto. Se le habían acabado las palomas mensajeras. A un par de horas del secuestro, los celulares habían dejado de funcionar al igual que la energía eléctrica. La noche llegaría demasiado pronto y necesitaba un plan.

Mike se hundía profundamente en sus pensamientos, en sus recuerdos. El comedor de la casa de acogida, cuando lo amarraban a la silla obligándolo a comerse todos los porotos del almuerzo, de esas incontables horas de platos rebalsados de legumbres a medio masticar, que aunque hambriento, de pura rebeldía nunca tragaba ni un poroto. Esto le costaba largos períodos de aislamiento, que redundaban en mas platos repletos.

La rutina se repetía hasta que tenía la oportunidad de robar las llaves y escapar por algunas noches, a recorrer la ciudad y sus vicios. En ella encontraba a su verdadera manada, las criaturas de la oscuridad. Entes que si aparecían bajo el sol, se convertían en piedra o al menos espantaban a los correctos ciudadanos.

A veces simplemente vagabundeaba, y en otras se emborrachaba con el amplio espectro de especímenes; lanzas y cartoneros, mecheros, sapos de micro, embaucadores del "Pepito paga doble", ambulantes, falsos lisiados, vendedores de "sopaipletos", entre otros. Le gustaba matar el tiempo con "el Huevo Calao" y "la Anita", auto declarados Hippies de corazón. Juraban haber estado en el recital de "Piedra Roja", a pesar del evidente desfase temporal que eso implicaba (a menos que tuvieran una máquina del tiempo y no le hubiesen dicho).

Vivían en un viejo Austin Mini abandonado, con troncos por ruedas y sin motor, pero que una pintura rojo brillante y techo blanco aun le otorgaba cierta dignidad. Aquel que dijo que los Minis eran amplios, tenía toda la razón. Él había sido invitado a una casa dentro de uno, con un vasto dormitorio en el asiento trasero y living–comedor en la delantera, donde la despensa–mesa–bar era la guantera y del volante colgaban innumerables enseres. "El Huevo Calao" sentado en su pequeño refugio, podía cantar Led Zeppelin por horas, mientras John Bonham se retorcía en la tumba.

"El Huevo Calao" podía ser muy buena onda, hasta que el vino blanco inundaba sus circuitos como el río inundaba la ciudad en sus mejores inviernos. Su capacidad de reconocer la realidad y comunicarse se veía drásticamente reducida. Ahí era cuando comenzaba a mirar de lado, como las gallinas y este era el síntoma que marcaba la hora de abandonar la juerga. Porque con el cortocircuito le daba por agarrar a patadas cualquier cosa, incluida la "Anita" y el viejo Austin Mini en que habitaban. Entonces el Chico Mike caminaba por horas de cara a la puesta de sol, de vuelta al la casa de acogida y a su castigo. Debió tener unos once años.

Tiempo después, le sorprendió encontrar al Huevo Calao en el mercado, esta vez solo, sin la Anita, caminando al lado de una bicicleta de fierro forjado, tipo dromedario, como un vaquero y su caballo. Iba vestido con ropa austera pero pulcra; pantalón de tela, una limpia y percudida camisa, sombrero de paño y un nuevo accesorio; un gancho metálico el lugar de una mano derecha. El gancho aferraba y un cigarro con boquilla.

Juntos se metieron a las cocinerías, al lado del matadero. El Huevo Calao le invitó un caldo de pata que le costó trecientos pesos, lo cual le dio pie para quejarse del costo de la vida. Le contó que había tocado fondo y se había revolcado en el. Había perdido a la Anita en el policlínico, entre llantos y vómitos de sangre a causa de múltiples ulceras causadas por el pegamento y el vino barato, que a diario engullían de desayuno, almuerzo, once y comida.

Como lo predice la Ley de Murphy y en medio de su luto, la cosa se puso peor.

Unos neonazis chilensis con más rasgos Alacalufes que el mismo Huevo Calao, le incendiaron el Austin Mini. El principal problema fue que él estaba adentro. Despertó de la borrachera ahogado por el calor y humo y al darse cuenta de lo que pasaba, trató de salvar la única foto que tenía con la Anita, que una vez les sacó un turista con una Polaroid. Perdió la foto y también su mano en el intento, quemada completamente. Se abrió la camisa, donde pudo constatar los grandes tatuajes que el plasma pintó en su cuerpo.

Así todo cagado, tirado como un estropajo en un pasillo del Hospital público, fue que conoció al "Gorrión de Montecruz", conocido imitador del Zalo Reyes, el "Gorrión de Conchalí". Estaba recuperándose de una golpiza de aquellas. Si ponían a los dos gorriones lado a lado, seguro que parecían gemelos. Con voz de confesionario, le dijo "Amigo Huevo Calao yo soy el auténtico gorrión. El hijo de puta que de Conchalí me robó la identidad". Estaba loco como una cabra.

El "Auténtico Gorrión", estaba tirado en una camilla golpeado como rodilla de zapatero por la fuerza del proletariado. Había salido a actuar como plato de fondo en el "Festival del choclo", en la vecina comuna de Las Cruces. Se había anunciado al Gorrión de Conchalí cuando él apareció en el escenario. Le habían prometido diez lucas y una chuica de vino al final de la noche. Los huasos lo abucharon y empapelaron a chuchadas. Uno de ellos subió al escenario con la intención de quitarle el micrófono y lo mandó a tierra con el anillo marcado en la mejilla y una muela menos.

El resto es historia. Le dieron una zapatería de antología, comparable a un atropello de tren. Entre tanto golpe y por más que lo gritó, nadie pudo escuchar que no era una estafa, sino que el auténtico Gorrión. Esto no hizo más que acrecentar el odio que rezumaba a su archienemigo. Ya tenía su plan. Iría a Santiago a arruinarle el show, cantaría desde la galería con un megáfono. Luego iría a un canal de televisión y denunciaría en vivo a ese adefesio falsete y cocainómano.

Pero como dije, esa es otra historia dijo El Huevo Calao. Lo cierto es que el "Auténtico Gorrión" lo ayudó a salir adelante. Lo invitó a su casa, le dio cinco lucas y le regaló algunos cachureos que el Huevo Calao salió a vender al persa. Entre los cachureos se contaba una rara moneda de Coquimbo del 1,800, por la cual un coleccionista numístico le pagó nada menos que la suma de cien mil pesos. Años más tarde El Huevo Calao supo que la famosa moneda estaba avaluada en más de veinte millones de pesos, y le provocó un semi–infarto. Al Chico Mike le sacó un sonoro silbido. Igual tiró para arriba.

Aprendió el negocio de las antigüedades. Vendía y compraba raros objetos por los que algunos humanos sienten una profunda y obsesiva pasión; filatelia, notafilia, numismática, cartofilia, filolumenia, ululofilia son algunos de los términos con los que el Huevo Calao se manejaba. No se estaba haciendo rico, pero si tenía un buen pasar.

El Huevo Calao le agradeció la amistad de esos oscuros días, con un fuerte abrazo de oso, y el Chico Mike le agradeció con una sonrisa el hospedaje en esas noches de fugas mentales. El Huevo Calao extrajo de sus ropas una navaja curva y con cacho de hueso, al puro estilo del ejército de Chile. Se entregó a Mike. "Por si tienes algo entre los dientes" rio sarcásticamente.

El Chico Mike balanceaba sus piernas y miraba el "Corvo" relucir en su mano. Pensaba si quemar el colegio, no sería de pronto la solución.

***

Los golpes en la puerta y el forcejeo en el picaporte del dormitorio de Amalia la hicieron contener la respiración. Con un hilo en la voz como desde el fondo de un pozo, preguntó quién era.

–Policía, abra la puerta. –respondió una voz masculina desconocida, una voz tan seca que le dio la idea de una rama quebrándose.

Amalia alcanzó a destrabar el pestillo y el policía la azotó violentamente la puerta. Detrás de él estaban sus padres, con una cara de terror que no les conocía más allá que cuando el pastor amenazaba con el Apocalipsis.

El policía medía dos metros y era una montaña de carne y hueso y estaba un poco doblado para caber en la habitación. Vestía uniforme verde y boina con una insignia de calavera. Tenía la cara cubierta con camuflaje. Era un policía que no se vestía como uno que ella conociera, de hecho era un militar. Los ojos fieros se pasearon por la habitación, por sus posters de animé y la cama deshecha. Se posaron en ella y su mano alcanzó la culata de la pistola.

–Hija, hijita, Miguel ha secuestrado el Colegio, y asesinó a la familia de Gorki. –dijo su padre bajando la cabeza, buscando un hoyo en las tablas del piso donde meterla.

Reunió todas sus fuerzas, mientras las lágrimas se agolpaban a las puertas de sus ojos. Amalia intentó asimilar lo dicho por su papá. La familia Henríquez, la familia de Gorki, ¿asesinada?. Su madre movía la cabeza de un lado a otro, tratando también de controlar un llanto que ya galopaba por su garganta.

–Eso no es cierto. –dijo Amalia con firmeza y secándose las lágrimas. –Mike no haría eso, es una persona noble. –¿Donde esta Mike? –preguntó. Miró alternadamente a sus padres y al policía.

El policía finalmente habló. Amalia pensó que estaba en una película de acción.

–¡Amalia Soto!, se te acusa de asesinar a la familia Henriquez junto a Miguel Lieman alias "Chico Mike". –sentenció.

–Yo no…

–Cierra la boca, asesina. ¡No te muevas! Mira que me pica la mano por sacar la .45, no me obligues. –dijo el policía. Sin mediar provocación sacó la pistola. Toda la familia se agolpó en una esquina. Comenzó a atornillar un silenciador.

–Te lo dije, y pestañeaste. Ahora, pequeña delincuente, entrégame la evidencia, entrégame las memorias. –dijo apuntando a Amalia.

Amalia finalmente recordó, ¡la memorias en la chaqueta de hombre!.

–Hija mía, entrégale lo que quiere por el amor de Dios. Señor, se lo suplico por nuestro Señor Jesucristo no nos haga daño, ¡usted juró que solo quería hacerle unas preguntas!. –dijo la mamá de Amalia rompiendo en llanto.

Amalia trataba de controlarse, pero ya sentía la presión en el pecho de un ataque de pánico. Debía ser un error, una mentira. Estaba segura que las imágenes sueltas que recordaba de Gorki eran reales, de su camioneta, la sensación de llevar su cabeza al viento. El policía tenía las manos como caimanes. La aprisionó por el hombro tal cual fuese una muñeca de trapo.

–Escúchame delincuente, no tengo mucha paciencia para basuras como tú. Entregame las putas memorias de una puñetera vez, sino quieres convertirte en Amalita la huerfanita. –dijo el policía.

–¡Suéltame! –gritó Amalia. Se retorció intentando liberarse de las garras del policía.

Los padres de Amalia abrieron los ojos todo lo que su piel les permitía hacerlo.

El Oficial Serrano, "El Rambo", le dio a la Amalia una fuerte cachetada de revés que la lanzó volando de espaldas, y fue a caer de mala manera derribando el velador.

Milagrosamente la lámpara no se quebró y quedó encendida en el piso, dándole a la habitación un aspecto espectral, extendiendo la silueta del falso policía hasta proporciones monstruosas. Sus padres boquiabiertos fueron lanzados de un empujón, tropezando con su hija y convirtiéndose en un nudo humano.

–Que familia más unida. –dijo el policía. Tomó una almohada de la cama deshecha y la colocó sobre la cara llorosa, moquienta y contrariada de la mamá de Amalia.

–Familia de delincuentes. –sentenció. –Cómplices de asesinato y mas encima obstruyen el actuar de las fuerzas del orden. Las memorias o te quedas sin madre ahora mismo. –dijo. Comenzó a hacer presión sobre el rostro desfigurado de pavor. Una oscura mancha se extendía por los pantalones beige Caki de su padre, totalmente paralizado por el miedo.

–¡Ahí! –gritó Amalia y apuntó con un dedo tembloroso hacia la chaqueta sobre el computador.

–Traélas. ¡Rápido!. Todavía estás quedando huérfana –dijo el oficial Serrano pelando los dientes. Mientras su mamá manoteaba sin fuerzas contra sus brazos de máquina retroexcavadora.

Amalia corrió hacia la chaqueta y sacó un puño lleno de tarjetas de memoria que puso en su mano extendida. El policía tardó unos segundos más en aliviar la presión a la almohada.

Se incorporó y de un zarpazo arrancó las memorias de la mano de Amalia. Otras cayeron entre sus dedos. "Recógelas" le ordenó, mientras examinaba algunas a la fantasmagórica luz y sacaba su celular. Amalia se abrazó a su mamá y trataba de ayudarle abriéndole la blusa, mientras miraba con desprecio a su padre. El policía asentía al celular. "Afirmativo", "conforme" y "diez–cuatro".

–Hay algo más que tienen que saber. –dijo Serrano.

–El sospechoso Miguel Lieman, también pasó por esta casa. –sacó su pistola y la colocó detrás de la almohada babeada.

***

La Detective Laura Mardones caminaba lejos de la casa de Gorki. Olía el rastro en su nariz como un sabueso. La pista era correcta. Sabía que el celular que encontró en la camioneta pertenecía a la niña relacionada con el caso, la niña cuyo nombre el tuerto no recordaba o no quiso escupir. Sabía que era la pieza del puzzle que cayó entre las tablas del piso, la lámina del álbum que nadie encuentra, el eslabón perdido de Darwin.

Pero tenía un problema, como desbloquear el puto celular. Había probado varias veces sin suerte, y le quedaba un solo intento antes de bloquearlo para siempre.

A su derecha, un grupo de niños que se reunían en los maltrechos juegos de una plaza. Eran los únicos seres vivos en todo el vecindario, ni pájaros cantaban. Algo pasaba en este pueblucho, todo estaba tan descuidado. Donde estaba la Municipalidad pintando y arreglando estos cachivaches?, seguro que aún no habían elecciones municipales. Cuando la vieron, los niños comenzaron a caminar hacia ella, rodeándola. La detective se detuvo en seco.

—¿Usté es la detective? —dijo el mas pequeño, mientras se sonaba una gota de la nariz con la manga de una camiseta del Barcelona. Tenía el pelo rapado a los lados, pero muy peinado y engominado en la coronilla, tipo futbolista. Unos grandes y vivaces ojos negros la miraban fijamente. No tendría mas de diez años.

—Soy la detective Laura Mardones, de la Policía de Investigaciones. ¿Y quien eres tú y como sabías que una detective andaría por aquí?. —dijo.

—Soy Alexis Sánchez po, y veo el futuro. —dijo el pequeño.

Laura lo miró llena de curiosidad. —Oye ya po Niño Maravilla, ¿como sabías? Te doy diez lucas, y no te llevo preso. —dijo sonriendo.

—¡Tu mama esta presa!. —el resto de la pandilla rieron. —Mejor ándate rapidito a la casa de la Amalia Soto, que se la van a pitear en cualquier momento, ¡bang!. —dijo el pequeño apuntando a la detective con sus dedos.

—¿Es ella?. —le mostró la foto de fonde del celular.

—Estai vía que si po pelá. ¡Córrela! Vive en toa' la esquina de Macuer con Calvo. —respondió el chico, que era obviamente el jefe del lote.

—Gracias Niño Maravilla. —contestó la detective. —Te apuesto a que un día te veré en la tele, jugando en Europa.

—¡Chí!. A delinquir a Europa vamo' a irno!. —contestó.

La pandilla de los Brocacochis se quedó mirando como Laura Mardones se perdía en su camioneta.

La Detective puso primera y pisó el acelerador a fondo, como aplastando una cucaracha. Antes de llegar, por calle Macuer, vio estacionada una camioneta Toyota 4Runner que desentonaba con los viejos Hyundai Accent y las Fiorino del sector. Se detuvo y comprobó con su linterna el interior del polarizado. Tomó foto de la patente.

No tenía tiempo de volver al vehículo a pedir refuerzos por radio, y seguro nadie acudiría. Sacó la Glock y corrió hacia la casa como si la persiguiera una jauría de hienas hambrientas. La calle estaba prácticamente vacía, con sus ciudadanos encerrados de miedo, o agolpados en las afueras del colegio presenciando un esquizofrénico espectáculo.

La reja estaba abierta. Entró por la cocina. Se parapetó tras el estrecho pasillo durante un segundo, y se asomó y apuntó hacia el living. Nadie. Volvió al punto de origen y giró hacia la escalera de los dormitorios. Se escuchó un disparo apagado.

***

Amalia se resignó a morir junto a sus padres. Sus lágrimas rodaban por todo lo que había querido hacer en su vida. Mas que casarse y tener hijos, quería salir de Montecruz y conocer el mundo, tener aventuras y convertirse en Arqueóloga y Poetiza.

Al mirar la cara del policía que tenía enfrente se dio cuenta que no sería posible cumplir sus sueños, era un robot programado para matar. Tenía la cara tan curtida y estirada como un cuero viejo.

No parecía un policía, sino algo más, como un Terminator de la antigua película, que había visto un día en la casa de Gorki junto a Mike. Se habían reído de los efectos especiales, pero algo de la trama la fascinó. La paradoja del padre que venia del futuro, los había dejado discutiendo y pensando si era posible viajar en el tiempo. Les interesó el tema, y con Mike leyeron todo lo que pudieron de paradojas, de universos múltiples y agujeros de gusanos hasta que les dolía la cabeza.

Esas conversaciones con Mike para Amalia fueron de vital importancia en su relación. Dentro de su alegría y desplante natural, para ella era difícil confiar en los demás. Tenía un foso que rodeaba su castillo más íntimo y se abstenía de compartir su mundo privado, con todos, excepto con Mike. Ese momento tan pequeño, tan banal, le sirvió para declarar a Mike parte de su alma y le abrió su ser en todo sentido.

Él se transformó en su gemelo, su simbiótico. Y su amante. Juntos exploraron el amor. Con Mike conoció la sensación de libertad, y cuando no estaba con él, le escribía cartas y poemas, le escribía cuentos fantásticos de que pasaría si, volvían al pasado juntos o viajaban a otros universos. Historias de amor de los años de guerra, él un soldado y ella la enfermera que se adentraba en la batalla a rescatarlo. De pronto Mike era un náufrago perdido en altamar, y Amalia era la valiente aventurera que encontraba su mensaje de auxilio en una botella. Ese mensaje que nunca leyó y que ya no sería, porque veía a la muerte frente a su cara en la ridiculez de una almohada.

El falso policía apuntó a la derecha en lugar de a su cuerpo, y la almohada escupió fuego sobre el computador, que vomitó circuitos y polvo plástico. Se volteó hacia ellos bajo una lluvia de plumas sintéticas.

La detective Mardones entró violentamente en la habitación de Amalia. En medio de una lluvia de plumas y en una milésima de segundo evaluó la situación. Identificó la amenaza y dando un salto olímpico con su ágil anatomía, golpeó con todas sus fuerzas al gigantesco policía.

Con el entrenado rabillo del ojo, el Oficial "Rambo" Serrano alcanzó a divisar a la detective Mardones y alcanzó a desviar su cabeza un centímetro a la derecha, con lo que la cacha del arma le golpeó la oreja izquierda, en vez de abrirle la cabeza como un huevo. Y aunque afectó seriamente su oído medio, no mermó su fuerza.

Cayó sobre una rodilla. Mientras intentó incorporarse, recibió otro cachazo, esta vez en plena mejilla que lo hizo escupir un diente y volver a caer. Con su brazo izquierdo sacó su mejor *uppercut*, golpeando a la detective en la barbilla. La detective cayó hacia atrás, sobre la masa de carne conocida como Familia Soto.

El Oficial Serrano saltó sobre ella con un gruñido de batalla. Laura Mardones respondió con un grito de guerra y antes que el policía cayera sobre ella, lo zurció a balazos en el aire, y lo que cayó sobre ella fue una gran paté gigante. Quedaron abrazados, como amantes.

—Salúdame al Pinocho. —le susurró Mardones al oído, antes de despacharlo en primera clase al Patio de los Callados, con la última bala de la Glock.

CAPÍTULO 14. RÍOS DE ACERO

Bersuit

Mirando por entre las cortinas de su estudio, como vieja de conventillo, el Director Burgos marcó una vez mas el celular de Ratonovic. Parecía vendedor de *call center* llamando tanto. De nuevo el maldito "deje su mensaje en el buzón de voz". El General Ratonovic simplemente no contestaba el celular.

A estas alturas ya debería haberlo informado de los resultados de la operación para recuperar las jodidas memorias. ¿qué podía salir mal?. No deberían haber problemas para un experimentado soldado como Serrano, que había incluso incursionado de mercenario en el Medio Oriente. Solo necesitaba una palabra de Ratonovic para calmar su espíritu.

Pero el General Ratonovic como siempre tan ineficiente. Lo consideraba un completo idiota, pero leal como un quiltro; si lo pateaba, siempre volvía moviendo la cola. El Director volvió a marcar y otra vez el buzón de voz. Ok algo andaba mal. Tan mal que le dio una puntada en el recauchado corazón. Era el momento de escapar. El jaque se cernía sobre él.

El Director era el flamante dueño del Condominio "Sierra Bella", el barrio más lujoso y exclusivo de Montecruz. Aquí no llegaba transporte público y las "nanas" debían caminar más que Frodo Bolsón para cumplir su deber. Por la ley de la comunidad, tenía que hacerlo en sus uniformes identificatorios, de lo contrario podían ser confundidas con delincuentes habituales por los guardias del lugar. Nunca se sabe ni con una inocente nana.

Se metió al fondo del "walk–in closet", que se vistió de seda cuando pertenecía a su difunta esposa, y que ahora contenía sus trajes y su caja fuerte Bosch, escondida tras un muro de madera falso, instalada en la más completa confidencialidad por técnicos altamente calificados. Había pedido que los técnicos fueran ciegos, pero esos solo instalaban a pedido de parlamentarios.

Marcó la combinación; uno derecha, nueve izquierda, ocho derecha, nueve izquierda, el año en que se tiró a la hija de Dibri, el inicio de todo.

La pesada puerta de la caja abrió con un aullido y dio paso a un vaho con olor a tumba. Detestaba ese olor, le era el presagio de un futuro inevitable. Sacó de ella gruesos fajos de billetes, un pasaporte y un nuevo carnet con nueva identidad. Acarició el álbum rosa con las fotos de las niñas que se había abusado y lo llevó a la cocina. Les prendió fuego en la encimera, una por una, mientras sentía desazón por cada imagen engullida por la llama azul. Volvió a la bóveda y se hizo de varios títulos de propiedad que metió al bolso de viaje. También guardó un lingote de oro de 24 quilates, regalo de los mismos que ahora lo perseguían.

Puso los bolsos en el maletero de su BWM negro y enfiló raudo en dirección al norte, a Ovalle, y de ahí al paso fronterizo con Argentina, Agua Negra. El rosario de hueso blanco, se balanceaba como una pequeña horca en el espejo retrovisor. Se dio cuenta que la aguja de estanque estaba casi en la zona de peligro. El vehículo le advertía autonomía para no más de 50 kilómetros. Cresta, otra vez Belcebú obrando en mi contra, pensó. Como si Belcebú estuviera todo el día echado viendo el "Reality Burgos" mientras se limaba las pesuñas de chivo.

Decidió evitar la estación de servicio Copec que habitualmente utilizaba a la salida de Montecruz y aceleró recto hacia el oeste, hacia el eje norte–sur. Ya cargaría en la estación de servicio que había en algunos kilómetros. Era el ocaso, y el sol comenzaba a ocultarse entre las bajas planicies costeras, que destellaban de rojo y violeta con un cielo teñido y lampiño, como las mejillas de un transformista de circo pobre.

Al tomar la desértica columna vertebral de cemento, miraba compulsivamente el indicador del estanque. Sudaba. Vio un anuncio, sonrió y se persignó. El anuncio indicó "Estación de servicio: 3 kms. Próximo estación: 190 kms.". Al acercarse vio con pánico las barreras colocadas a la entrada y un camión aljibe descargando combustible. No era posible. Belcebú estaba tratando de vencerlo. Se apeó nervioso, y caminó con ímpetu hacia los bomberos. Un perro lo olfateó y gruñó con desagrado.

–¿Buenas tardes, en cuanto rato podría cargar combustible?. –Preguntó al trote, casi con agonía.

Le contestó un viejo bombero, con un pucho en la boca, mirándolo con curiosidad. Le llamaron la atención las manos blancas y suaves del Director, como si nunca hubieran sido usadas.

–Tiene pa' rato po oiga, como una hora mínimo. –respondió con agriedad.

–Pucha hijo, que pena más grande. Voy a acompañar a una señora bien enferma en Ovalle, está a punto de encontrarse con nuestro Señor Jesucristo, habrá algo que se pueda hacer?. el Director sacó un pequeño fajo de billetes en un acto de prestidigitación.

–Nada que le podemo' hacer, no se puede apurar el camión con billetes po oiga. –dijo torciendo el gesto y abierta mala leche.

Cresta. Seguro ya lo habían incriminado.

En ese momento apareció en escena el bombero que atendía en Montecruz, saludándolo con grandes aspavientos, parecía un pelícano.

–Güena Don Dire!, que anda perdido?. El Director se explicó.

–A ver, vamos a ayudar a mi amigo. –dijo colocándose teatralmente la mano en el mentón, con lo que caminó hacia los dispensadores.

La mirada del bombero viejo le lanzó cuchillos.

–¡Hey, oye cabro! ¡No podía hacer eso, hueón!. –gritó.

Lo ignoró como si le hubiera hablado el perro. Sacó un bidón de veinticinco litros y abrió uno de las máquinas para llenarlo. ¿97, Cierto?, dijo guiñando un ojo al Director.

–Yo siempre quise estudiar en su coleeegio… comenzó con la historia que el Director archi–super conocía y que tenía que mamarse cada vez que cargaba combustible. Pero hoy era el día en que su paciencia se veía recompensada. Esto no hacía mas que reafirmar su política; cada gesto y cada acto de bondad, estaba calculado para otorgarle beneficios algún día, *Quid pro quo*. El Director sonrió, el viento soplaba finalmente a su favor.

Le llenó el estanque. Con una manguera succionó y tragó combustible, vaciando el contenido del beso tóxico en el sediento estanque del BMW.

–Gracias Hijo mío, eres el buen samaritano. Aquí tienes unas luquitas para un heladito. –dijo entregándole algunos billetes enrollados y apresurándose a partir. –si me disculpas me esperan en Ovalle.

–Claro, ya me dijo que lo espera una "viejita moribunda". –dijo el bombero guiñándole un ojo. –Apúrese antes que sea un "entierro". Al Director se le borró la sonrisa como si lo hubiesen abofeteado. Ahí estaba la mala espina otra vez.

***

Los padres de Amalia estaban conmocionados, aturdidos e incrédulos. Aun no asimilaban lo que habían presenciado, como una mosca no comprende lo que es contemplar un cometa. En el dormitorio, se encontraba el aportillado cadáver de un gigante salido de cuento, y mientras el cubrepiso se tragaba ríos de sangre, sobre el mueble de cocina estaba sentada una joven vestida de negro que decía ser detective. En cualquier caso le debían la vida.

La Detective sacó un Lucky rojo y se lo ofreció a la Amalia, quien estaba sobre una silla con las piernas cruzadas en posición de loto. Encendió el pucho y se lo devolvió después de pegarle una piteada. Algo nunca pensado en su cristiano hogar. Amalia sonrió tristemente, como lo hace un apostador cuando pierde la casa en una última apuesta de todo o nada.

–Mike no mató a nadie. –dijo Amalia exhalando el humo. Pidió confirmación de sus palabras a los ojos negros y brillantes como el ónice, de la Detective. Laura asintió mientras daba una larga piteada.

–Es verdad, el Chico Mike no mató a nadie, concretamente.

–No tengo idea cuanto te ha contado de su propia historia, o cuanto el mismo puede saber. Investigué la familia del Chico Mike. Su madre fue una chiquilla sumergida en la droga que lo tuvo a los catorce años y luego desapareció del mapa. Su padre fue un conocido delincuente, y aunque me pregunto qué tanto de ese lado oscuro heredó de su padre, él te salvó

Amalia, no dudó en arriesgarse para hacerlo. Y eso no lo hace un psicópata. Las personas son extrañas pero siempre hay un origen para sus comportamientos. –dijo Laura.

Amalia la miró intrigada. Laura continuó.

–Anoche conocí a un amigo del Mike, el "Ojito de Peluche". Confesó que el domingo en la madrugada, Mike le hizo una visita para pedirle un favor –obvió que también le pidió un arma, no la quiso asustar mas de la cuenta–. Le contó lo que había ocurrido en el departamento del Ariel el sábado en la noche. Tu también estabas en el departamento. –dijo. Amalia se tomó el pecho.

–Sabía que algo planeaban, pero no pensé que lo harían. –dijo Amalia.

–Mike y Gorki, descubrieron que Ariel abusaba de niñas y decidieron que era hora de pararlo. No se tampoco cual era el plan que dices, pero todo se fue a la mierda. –dijo Laura.

–Porque yo estaba ahí –dijo Amalia. –Ariel me drogó y me llevó a su departamento para abusar de mi. Ahora tiene sentido. Por eso recuerdo que Gorki me llevaba en una camioneta, ellos me salvaron. –Amalia la miraba con una mezcla de orgullo y temor.

–Sí, y Gorki parece haberte traído aquí y al volver a su casa, alguien lo esperaba y disparó a su familia. Gorki está desaparecido. –dijo la detective dando la última piteada. –Por eso Mike secuestró el colegio. Quién está detrás de la represalia, está asustado y tiene poder, y eso es una mezcla muy peligrosa. Yo personalmente no me fio de nadie. –dijo mirando hacia el dormitorio, como pensando si debía asegurarle otro balazo al mastodonte tirado en el piso.

El papá de Amalia trajo un notebook. Se disculpó por no encontrar el cargador. La detective selo arrancó de las manos.

–Eres una chica muy valiente Amalia, a tu papá seguro que no saliste. –le dijo la detective en voz baja. –Pero es así, te darás cuenta que los hombres que encontrarás en tu vida, la mayoría son unos cobardes o pasteles. Tuviste suerte de encontrar a Mike. Ahora vamos a descubrir este misterio.

Sacó de su bolsillo una de las tarjetas de memoria. Tenían manchas de sangre del gigante. La colocó en la ranura SD del notebook.

En el video se apreciaba a un pálido, venoso y translúcido vampiro en calzoncillos. Se contorneaba sobre una cabra chica como un experimentado gigoló. Se parecía mucho al Director Burgos, demasiado. La chica pertenecía al segundo medio B, Amalia la reconoció. Estaba desnuda, y más aturdida que Martin Vargas. Amalia tuvo que ir al baño a vomitar.

La Detective comprendió todo como una revelación profética. Todos los puntos conectaron. El Director Burgos. El General Ratonovic. El –ahora cadáver– policía Serrano. Ariel. Gorki. Mike.

La Detective, presa de la rabia, cerró el notebook de un golpe, y estuvo a punto de estrellarlo contra la mesa.

Ambas miraban perplejas el aparato, se sentían atrapadas. Hacer público el video era la única forma de salvar al Chico Mike, pero dudaban. No tenían la certeza de que fuera el Director, y tampoco tenían en quien confiar. Además la Detective sabía que si el policía no se reportaba, no serían los Testigos de Jehová los próximos que golpearan a la puerta.

A la mierda. En un acuerdo tácito, Amalia comenzó a teclear con furia para subir el video a Youtube. En un acto de redención y denuncia, esparcirían el cáncer que carcomía las entrañas de Montecruz.

El video llevaba cinco minutos y solo había cargado un 3%, lentamente como si le doliera, pasó a un 5%. La sarta de puteadas que se llevó el proveedor de Internet fue irreproducible al oído humano.

***

El Director Burgos volaba sobre la carretera desierta. Ni sentía los más de 160 kms por hora. No había Carabinero que estuviera apostado vigilando el tránsito, todos y cada uno de ellos se encontraba en Montecruz bajo las órdenes del tarado de Ratonovic.

—¡El día del juicio nunca llegará!– gritó. Nunca lo atraparían, pensó. Estaba eufórico, tenía la sensación de un niño bajando por el cuello uterino, saboreando ya la libertad. Pronto estaría en nuevos lugares y comenzaría de nuevo, será sencillo. La gente es fácil de engañar porque quieren creer en algo para no sentirse tan solos, quieren pertenecer. Y les daría una razón para vivir.

El teléfono sonó con la guitarra de los "Huasos Quincheros", su ringtone favorito. Era Ratonovic llamando. Contestó con el manos libres.

–General, que sorpresa. –dijo con tono de reprimenda, controlando el tonode su voz. Tomó el control de la situación.

–Perdóname querido amigo, me quedé sin batería. –dijo el General con una risita de disculpa.

–Es como si ya no quisieras descansar en el Sur, como tanto ha soñado amigo, sabes que no me gustan las sorpresas. –dijo el Director.

–¿Por qué no querría querido amigo? –contestó con voz socarrona el General. –Todo está en orden. Usted sabe estos aparatos de hoy no son de confianza. Perdóneme si lo puse nervioso. Nuestro sabueso encontró la liebre, Director. No hay peligro. –dijo.

El General moduló muy bien la siguiente frase:

–Necesitamos la presencia del futuro Alcalde para el acto final en el colegio, lo esperamos. –sentenció.

El Director sonríe. El poeta tenía razón: son los detalles de la vida los que terminan volviendo loco a un hombre: cosas que se extravían, un celular sin batería, un cordón del zapato que se rompe.

Frenó a un costado de la carretera desnuda, y bajo un cielo lapizlásuli dió una vuelta en U, en dirección a Montecruz.

***

La ciudad comenzó a despertar lentamente, como dejando atrás un mal sueño de resacas y dolores. Después de años sumida en el mutismo cobarde de la complicidad, del murmullo tras el muro de la noche; del que se se duerme mascullando odio e impotencia como una vieja bruja de final de cuento. Así despertó Montecruz del largo letargo.

A las nueve de la noche un *Montecrucino* vio en Internet el aberrante video en que el Director del más prestigioso colegio y candidato seguro a la alcaldía, el Señor Burgos, abusando de una menor de edad. Se virilizó en cosa de minutos. A las diez de la noche miles de personas en todo el mundo ya lo habían visto, alcanzando *peaks* que ya desearían los mejores publicistas.

Eran las diez de la noche. En el horizonte Júpiter se escabullía tras los fantasmagóricos cerros, perlados por el brllo lunar. Al este de la ciudad el Director se acercaba lentamente al condominio de su propiedad. Le extrañó no encontrar al guardia dormido en la caseta de entrada. El portón del condominio estaba abierto de forma grotesca, como si lo hubiera empujado un gigante de fuerza sobrenatural. Pisó la trampa.

Frente a él unos faros lo encandilaron como a un conejo. Sin poder ver, puso la marcha atrás del BWM, pero una pesada camioneta Ford F–150 se materializó tras el, impidiéndole el paso. *Jaque.* Pisó el acelerador hasta que la aguja del tacómetro pasó el rojo, y el ruido del motor se hizo insoportable. La camioneta tenía la potencia de un tanque y lo arrastró hacia el interior del condominio. Era largamente esperado.

El sudor le corría como una ducha por la frente, impidiéndole la visión. Tenía el cabello cano pegado al rostro como una estrella de mar. Avanzó, forzado a ir hacia adelante, hacia donde estaba su casa. Se dio cuenta que la calle estaba plagada de vehículos estacionados, como un río de acero. Los focos se encendieron y parecían caras contraídas por la rabia. Los vehículos echaron a andar sus motores. Se movían y cerraban la calle como mandíbulas metálicas, convirtiéndose en una barrera infranqueable.

Estaba atrapado como una rata, se había confiado. Había comido demasiado queso por demasiado tiempo. El péndulo colgaba sobre él y caía inexorablemente. Así lo comprendió y soltó el volante. Era llevado al frontis de su casa. Era arrastrado por la inercia de los furiosos vehículos que lo aplastaban. Se retorcían fierros y reventaban focos, como en una feria de destrucción.

Miró alrededor y las visiones se hicieron presentes. Los vehículos eran rostros demoniacos y de ellos salieron mas demonios, entes que eran íncubos cubiertos de sangre, mounstros con cabeza de víbora y perros de lengua bífida.

—Oh, no será tan fácil, pobres perros inferiores, ¡Yo soy Legión! —gritó con voz gutural.

De pronto uno de los seres del averno saltó sobre el capot y comenzó a patearlo. Otro se encaramó sobre el techo del BMW, mientras un tercero escupía sobre el parabrisas. Al unísono, zombis que gritaban y rabiaban, rompían el parabrisas trasero. Había hambre en sus ojos. El Director atinó a sacar el celular, pero cayó bajo el asiento.

Recordó el gas pimienta que tenía en la guantera. Alcanzó a embetunar al primer engendro que se atrevió por el parabrisas trasero, pero los demás lo agarraron por el cuello y comenzaron a golpearlo brutalmente en el rostro.

Gracias a una elevación del terreno pudo divisar coches patrulla, aguardando con las balizas apagadas. Intento gritar, pero muchas manos ya le cubrían el rostro, le tiraban el pelo, le metían dedos a los ojos, la nariz, la boca, los oídos; le tiraban la lengua, las orejas, todos querían tocarlo y no de la mejor forma. Por instinto intentaba escapar, pero no podía alcanzar el cinturón de seguridad. Estaba ahogándose, con su corazón al borde del colapso. Sentía como le rasgaban la ropa, el reloj de oro voló y creyó que le rompieron las dos piernas cuando lo arrastraron fuera del auto. Aulló de dolor.

El aire nocturno le refrescó el rostro por un segundo, y luego arreció una lluvia de escupitajos. Sangraba profusamente por la nariz y le habían cortado la oreja izquierda con un cuchillo.

Los segundos se hicieron horas. Desvaneciéndose, vio venir por el frente unas lumas levantadas, abriéndose camino entre la multitud. Lo había desnudado como a un octogenario Jesuscristo, o mas bien como un vil lanza en un arresto ciudadano. Tiraban de todas sus partes como si fueran de goma.

La policía finalmente se abrió paso. A su cara se pegó el rostro de un oficial de Carabineros que conocía:

—Señor Burgos, está arrestado por los delitos de pedofilia, estupro, pornografía infantil, secuestro y violación. Tiene derecho a guardar silencio. —informó.

Fue lo más dulce que había escuchado. Lentamente el terror a morir se disipaba como el vapor de la ducha. El policía le clavó fuertemente las esposas. El Director gritó. El policía se le acercó al oído.

—Te tiraste a mi hija conchetumadre —. Lo arrastró de cara a la multitud.

CAPÍTULO 15. LA HORA MALDITA

"Hay otros mundos aparte de este".

Jake, La Torre Oscura.
Stephen King.

Fuera del colegio había un panal humano. Sin embargo existía un silencio imposible para tamaña multitud. No ladraba ni un perro callejero.

No fueron solo jóvenes revoltosos los que se habían congregado fuera del colegio, como declaró "El Mercurio del Norte" en sus siguientes ediciones. Había ancianos que salieron de sus hogares –o tumbas–, y amas de casa cansadas de ver pasar la vida por la televisión y que querían ser protagonistas. Habían trabajadores de todos los rubros que abandonaron sus puestos, estudiantes, niños con sus padres, pasajeros de buses que nunca llegaron a su destino. Venían por curiosidad, o sed de venganza o simplemente no sabían a que cresta habían ido.

Pero eran convocados por la misma ciudad. Todos llamados por una corriente eléctrica que fluía de la misma masa, una energía que se percibía tan nítida que paraba los pelos, como el ozono antes de una tormenta.

De hecho las calles de la ciudad estaban atochadas con kilométricos tacos, lo que provocaba que la gente bajara de sus vehículos muy lejos en la carretera, y caminara hacia el centro de la ciudad, en una peregrinación espontánea. Eran un líquido espeso que continuaba esparciéndose por las calles, dejando solamente un vacío donde se alzaban las barreras policiales.

Filmado desde un helicóptero, parecía el ojo de un animal gigantesco recostado sobre la ciudad. Eran las tres de la mañana y todo el país estaba despierto, como una madre que espera el retorno del hijo descarriado.

Se encendieron velas, y papel de diario, otros alzaron sus celulares, creando una imagen que dejaba boquiabiertos a millones de televidentes. Parecía que el cielo estrellado se reflejara en un mar inexistente. Como si la Vía Láctea hubiese caído a la tierra y guiara en la oscuridad.

El mar murmuraba, y olas de rabia colectiva se acumulaban retumbaban en un sordo rumor. Poco a poco, pequeños manuscritos, mensajes de ira, de aliento, esperanza y más de algún pico dibujado, circulaban de mano en mano hasta llegar al frente de la multitud que daba al colegio. Los mensajes se iban depositando a los pies de la barrera policial. Antes de depositarlos, las personas en las primeras filas los leían en voz alta, sobre todo las frases de aliento y esperanza para el Chico Mike. También se comenzaron a acumular peluches y flores plásticas. Ocurrió un hecho sorprendente: nadie las robaba.

El general Ratonovic se había comunicado con todas las unidades policiales disponibles. Se encontraban listas para actuar en cuanto se diera la orden. Un pequeño incidente y el caos asumiría el poder. No solo tenía que lidiar con la situación al interior del colegio, sino con esa gran masa que continuaba acumulándose. Los buses llenos de policías antimotines se encontraban preparados con toda su indumentaria de Tortugas Ninja; cascos, protecciones, lumas telescópicas, gas lacrimógeno, bototos, balas de goma y perros de ataque.

Y la tensa calma se rompió. Un manifestante, un vendedor de diarios, con chaqueta de "El Mercurio del Norte", sacó sendo ladrillo de entre sus ropas y lo arrojó como un atleta contra la cabeza de uno de los policías, noqueándolo a pesar del casco. Se cubría con un jockey y solo se pudo apreciar un raro aspecto en uno de sus ojos. Se escabulló entre la multitud lanzando gritos, "!Suéltenlo conchaesumadres!".

La tensa paz cayó de rodillas. La policía arrojó gases lacrimógenos y un "Guanaco" arremetió con furia. El tumulto se dividió y toneladas de personas cayeron sobre las barreras policiales. Eran muchos más de los que podían controlar y los antimotines fueron engullidos como un pez se saborea un gusano. Dieron vuelta un "zorrillo".

Una masa se arrojó contra la puerta de vidrio del colegio, haciéndola estallar en miles de cristales que parodiaron el cielo nocturno. Una manga de ciudadanos ingresó al colegio, guiados por el —tuerto— vendedor de diarios. Afuera la policía repartía balines, gas y palos como si sumaran puntos. Mientras la ola humana seguía fluyendo, absorbiéndolos como un organismo insaciable.

El general Ratonovic dirigía la fuerza policial desde el interior de un vehículos blindado. Tenía la vista fija en la entrada del colegio esperando a que el secuestrador asomara la cabeza. Tenía una misión que cumplir: No dejar cabos sueltos.

Los dioses apostaron sus fichas, y el Chico Mike apareció siendo llevado por un grupo de ciudadanos que intentaba protegerlo. Entre ellos identificó al "Ojito de Peluche", vestido como vendedor de diarios.

El General descendió del vehículo policial, y caminó firme y con decisión hacia el grupo. Un policía le hablaba, le solicitaba instrucciones pero él no oía nada. Lo empujó con el hombro, lejos. Sacó su arma de servicio. Como un glóbulo blanco fagocitando una bacteria, se abrió camino hacia el grupo que protegía al Chico Mike. Una chiquilla del curso al verlo aproximarse, le gritó que Mike tenía derechos. No alcanzó a terminar la idea cuando la golpeó con la cacha del arma. Barrió a un par de molestos adolescentes con los codos. La ola humana se agitaba y lo alejaba. Se estaba escapando.

Entre tanto, una lacrimógena cayó a sus pies, rebotada desde la multitud como una pelota de tenis. Miró al frente. El "Ojito de Peluche" se la había arrojado a quemarropa y el General Ratonovic no podía respirar víctima del humo tóxico que se infiltraba en sus pulmones, pero continuó aleonado por la adrenalina y la oportunidad que vió cuando el grupo, presa de la misma asfixia, descubrió un flanco, y logró divisar media silueta del pequeño gusano, estaba vulnerable. El General apuntó y disparó a la silueta que apenas percibía entre la niebla lacrimógena. Fue como poner una lupa en un camino de hormigas. Se oyeron gritos y más de alguien cayó. El General corrió en dirección opuesta. Estaba seguro que le había dado al maldito delincuente en la espalda.

El Chico Mike se desplomó en medio de la niebla tóxica, los gritos y la confusión.

El General hizo un acto de desaparición.

***

El General Ratonovic reapareció en la desierta comisaría de Montecruz. Se dirigió al sector de celdas, donde estaba el único inquilino. Era su
gran amigo el Director Máximo Burgos.

Estaba irreconocible, un ojo totalmente clausurado y con el labio más
grueso que la Celia Cruz. Tenía la nariz rota y su cara brillaba con los restos
de la sangre coagulada limpiada con muy poco cariño. Su polera polo color
palo de rosa tenía más mugre que overol de mecánico. Su brazo izquierdo
estaba colocado en un cabestrillo artesanal. No era necesario llevarlo al
hospital. El único Policía que acompañaba al General, se veía bastante mayor para su cargo, y se movía con demasiada seguridad para un Cabo. El
General se secaba el sudor de la frente y aún lloraba un poco y tosía por el
gas lacrimógeno. Pero estaba satisfecho, y de buen semblante. Era la hora
de atar el segundo cabo suelto de la noche.

El Director levantó la cabeza lentamente. Se incorporó del piso de la
celda. Sonrió con benevolencia, como mejor sabía hacerlo.

—Jesús me muestra nuevamente su rostro, en el de un amigo. –dijo.

El General sonrió a su vez.

—Estimado, debo quejarme formalmente. He sido tratado como un
vulgar delincuente por tus subalternos, incluso con brutalidad. Intenté explicar que esto es un montaje, que fui forzado por Ariel a cometer esos
actos demoniacos. ¡Fui extorsionado, amenazado de muerte!, tú lo sabes,
por Dios!

El general Ratonovic observó al Director en silencio, con la miraba
perdida en un punto detrás de el.

—Después de esta noche, querido amigo, tendré el poder. Tendré tu
estatus, dinero y protección. "El Círculo" lo ha dispuesto. –dijo.

El Círculo solo le había pedido una prueba, un voto de confianza. El
SMS decía: "Ahora solo eres el mensajero. Ocupa tu lugar junto a nosotros".

—No lo creo… —El Director estaba pasmado.

—Shh… Shhh, silencio Máximo. —El General lo hizo callar a través
de las rejas.

—Amigo Máximo, sé que estás muy cansado, cansado de todo esto.
Pero no te preocupes amigo, como dije todo saldrá bien… Ariel Halfm-

man es el culpable y es quien te obligó a hacerlo, todo el mundo lo sabe —sonrió. —Tan pronto lo encontremos lo haremos confesar, así será.

El Director le sonrío de vuelta y asintió con la cabeza, alejándose de la reja. El General extrajo de sus ropas un pequeño frasco, lleno de polvo blanco. Lo alzó entre dos dedos, a la altura de sus ojos.

—Te traje un presente. Esto te aliviará el cuerpo y la mente de esos pensamientos suicidas que tienes. Abre la reja. —Ordenó al Cabo.

El Director comenzó a temblar de emoción ante la cocaína e intentó hacer una reverencia al General.

—Gracias, Dios te bendiga amigo. Recibió el frasco del níveo polvo con suspicacia. —Sabes, no creo que lo necesite, me siento bien. Ahora por favor sácame de aquí, quiero hablar con El Círculo.

—Sujétalo. —ordenó el General al Cabo.

Se puso un guante. Le pasó el contenido del frasco por los dientes. El Director lo escupió en el acto entre arcadas.

—¡Esto no es otra cosa que veneno, es Tanax! Sueltame por el amor de Dios. —gritó el Director.

—Te equivocas Máximo, esto es tu boleto a la posteridad. —respondió el General.

—¿Después de todo lo que he hecho por ellos? ¡de todo lo que he hecho por ti!, ¡Judas, perro fariseo! Quiero hablar con ellos, ¡Exijo hablar con El Círculo!. —dijo el Director Burgos.

—No mates al mensajero, Máximo. Vamos, de verdad quieres vivir los años que te quedan en una celda convertido en la putilla de algún preso? Acaso no sabes cómo lo pasan los violadores? Y estoy pensando en el mejor escenario Máximo. Lo más probable es que te asesinen brutalmente o te torturen sistemáticamente, te lo garantizo. Agradéceme Máximo, lo hago por ti.

—Te equivocas, yo no soy un violador, nunca maltraté, ni secuestré a nadie. Tú sabes cuál fue mi trabajo, mi misión. Yo purifiqué Jorge, es mi designio, todas ellas fueron purificadas por mi mano. ¿Que aun no lo entiendes después de todos estos años?. Si no puedes verlo, entonces ve esto: Todo lo hizo Ariel Halfmman, ¿que no pueden culparlo a él y a mi dejarme en paz? Te prometo que desapareceré, nunca más sabrán de mí, y no tengo que decirte que nunca una palabra saldrá de mi boca, te lo juro por Dios. –suplicó.

El General permaneció inmutable, y el tono del Director se convirtió en llanto.

–Por el amor de Dios Jorge, te daré tu parcela en el Sur y mucho más, ¡Tendrás todas mis propiedades!. En el maletero de mi auto tengo un lingote de oro, y de donde vino ese, hay muchos más, me los traen de Perú... te prometo que serán tuyos si hablas con Ellos, convéncelos. Jorge, ¡no me hagas apelar al amor de hermano que te tengo, por favor!.

–Shhhh, Shhhh, ya amigo mío, no te alteres. –dijo haciéndolo callar el General. Hizo un gesto al Cabo que no era Cabo. –Tu destino está escrito Máximo, como el de Jesús, y no lo podrás cambiar.

En ese momento, el Director vio en en anular de la mano del General, un pesado anillo de oro, grabado con una serpiente ourúbura que se comía la cola, adornado con una cruz al centro, el símbolo de El Círculo. Supo que todo estaba perdido.

–Yo no puedo terminar así, tengo muchas cosas que hacer, misiones que Dios me ha encomendado...–se pegó al muro de la celda como un molusco.

–Te prometo que serás recordado. –replicó el General. El Cabo se acercó por atrás y le torció el brazo, inmovilizándolo. El General le quitó su propio anillo de El Círculo.

–Fin de la membresía amiguito. Ahora, abre la boca, esta será tu última comunión.

Mientras le apretaba la boca para volcar en ella una generosa cantidad de veneno para ratas, el General Ratonovic le dio un beso en la mejilla. –Yo te absuelvo en nombre del Padre, del Hijo y del Espíritu Santo...

EPÍLOGO

> *"No era mi día.*
> *Ni mi semana,*
> *ni mi mes, ni mi año.*
> *Ni mi vida.*
> *¡Maldita sea!"*
>
> Charles Bukowski

En el hospital de Montecruz, el Chico Mike abrió los ojos. Soñaba con un hombre sin rostro. En el sueño aquel hombre era su padre. Era una clara mañana, y el sol iluminaba su rostro. Su padre sonreía, lo llamaba con la mano, Mike lo seguía. Lo guiaba por un suave sendero hacia el campo abierto. Estaban en un potrero, pastoreando ovejas. A su lado ladraba y corría con la lengua afuera su fiel quiltro Totoro. Por primera vez en su vida, sentía completa calma.

La imagen se desvanece. Observa alrededor. A su lado hay montones de globos, peluches por doquier y muchas cartas cubiertas de corazones. La tía Carmen está a su lado, acongojada. Su mano aprieta un rosario y las lagrimas se dibujan en los surcos de su rostro. Una enfermera al ver que abre los ojos, sale corriendo a llamar un doctor. No tiene tiempo de esperar, está impaciente. Sentándose en la cama, se levanta. Siente la raja al aire en esas estúpidas batas de hospital, pero no le importa. Camina hacia la puerta. Fuera de la habitación ve un montón de gente, muchos de ellos desconocidos, hombres de traje y policías, sus compañeros de curso y sentada entre dos compañeras, reconoce a su amada Amalia. Tiene un gran moretón en la mejilla. La contempla y sonríe. Camina hacia ella y en ese preciso momento hay una conmoción general. Ella rompe en llanto. Se siente confundido, sigue con la mirada al doctor que ingresa a la habitación, y observa su propio cuerpo tendido en una camilla. Su tía está sobre su pecho. Amalia pasa a través de él, translúcido, incorpóreo. Por una milésima de segundo, siente el calor de su mejilla. Ella se gira por un instante.

***

El Ministro del Interior despliega grandes y gordos lagrimones. "Perdón, me recuerda a mi hijo" dice compungido a la prensa. Da un acalorado discurso. Nunca más las instituciones actuarán de esta forma. Los ciudadanos no están solos. La clase media no está sola.

Se establecerá la "ley Gorki" en honor al valiente amigo de nuestro noble Miguel Lieman. Juntos intentaron detener la violencia ejercida por el Director Burgos y que un acto de desesperación, los llevó a la errada decisión de "secuestrar" el colegio, pagando las nefastas consecuencias que todos conocen. De cualquier manera su sacrificio no será en vano, ya que se también se endurecerán las penas por delitos de violación y abuso. Bonos para las víctimas. Aplausos. Fotos. Se va el Ministro. Termina la fiesta.

***

"Reasignada", repetía en su cabeza como un disco rayado la Detective Mardones. Acababa de salir de la oficina del Prefecto General de Investigaciones, algo así como el Papa de la PDI, para lo que ella pensó que iba a ser "Patá en la raja", o formalmente la desvinculación de la Institución.

Ya tenía planeado ir a pedir pega a un Teletrak. De hecho el Prefecto le lanzó una risotada cuando Mardones preguntó "Estoy de baja, Señor Prefecto?".

–Mire Mardones. –dijo, sentándose en el escritorio. –*Le'ts get to the point.* Tuvimos una reunión con el Ministro del Interior para tratar este tema. Estuvieron algunas policías, que pedían su cabeza en una bandeja, principalmente por "echarse" a uno de los especialistas más emblemáticos de su institución, el "Rambo" Serrano. Que aunque según usted actuó al margen de la ley, nuestros colegas niegan de esa acusación. Es su palabra contra la de ellos Mardones. Un día, me contará usted como se hizo cargo de esa bestia. *Anyways*, el Ministro pidió bajarle el perfil al asunto, y a los quejones les darán un aumento de la dotación policial en el presupuesto del próximo año. Olvídese de eso. Ahora, para todos los efectos prácticos, el Ministro sí me pidió que la reasignara y oficialmente usted estará archivando causas y "peinando la muñeca", *¿Get it?*.

Ahora le diré que hará en realidad. Ok. No me quedan muchos años y mis hijos son poco más que parásitos que me hacen arrepentirme de haberme reproducido. Tampoco quiero escribir un puto libro, eso lo hace cualquiera y considero los árboles lo más insípido que hay. *But I want to leave a legacy.* Quiero pasar a la posteridad. Y usted va a conseguir mi nombre en los libros y mi cara en los muros de la PDI.

Será "reasignada" y le voy a permitir tener un equipo propio y recursos, y me reportará solamente a mí. Créame que esto es estrictamente confidencial. Hablo en serio. *Ooray, so* ¿Ha escuchado usted hablar de "El Círculo"?

✳✳✳

La Señora Ema y la Señora Juanita son comadres, y caminan sagradamente todos los domingos a la feria Modelo de Montecruz. Cruzaban la cancha del extinto club "Unión Montecruz".

Mientras se persignaban ante la animita, iban comentando los hechos ocurridos hace algunos meses. Aún habían indagatorias, policías haciendo interrogatorios aquí y allá, patrullajes, pero la cosa se iba enfriando rápidamente. Al principio salía sin parar en las noticias, hasta a ellas las habían entrevistado. Pero ya no había nada de eso, excepto en el diario local, El Montecrucino. Y ese nadie lo lee, ni regalado. Terminó la función y el circo se fue para otro lado.

—Quien lo hubiera pensado del Director, niña, y tan "dije" que se veía. Tan decentito. —dijo la señora Ema.

—Y tan católico, casi un Santo, tan querido mija. Y con la empanadita que salió, mire que aprovecharse de las chiquillas del pueblo. —respondió Juanita.

—Ah, y que me dice de esos pobre chiquillos, fíjesé usted... —suspiró Ema.

Antes de terminar la frase, la Señora Juanita pegó un grito y cayó al suelo, fulminada por un soponcio. Frente a ella, seguido por otros quiltros, un perro del barrio apodado "el Furioso", con la cola bien parada, llevaba agarrada del pelo lo que evidentemente era una maltrecha cabeza humana.

***

La Detective Laura Mardones cierra de un portazo la camioneta Mitsubishi. Palpa la blusa asegurándose de llevar un paquete nuevo de Lucky rojo. Le da play a su lista de rock clásico y *Sultans of swing* de Dire Straits comienza a rodar "*...way on downsouth...*". Pisa el acelerador como si quisiera fundirlo en el metal, en dirección a la carretera norte sur. Observa por el espejo retrovisor como los techos dispares y polvorientos de Montecruz, reflejan a duras penas los últimos rayos de un sol rojo que muere una vez más en el horizonte.

FIN

A.Chinaski es un Ciudadano Modelo con tintes esporádicos de desequilibrio donde escupe barbaridades y verdades. Sus inspiraciones son las pesadillas de la realidad, los sueños, uno que otro beso con la muerte y la esperanza de que el homo sapiens algún día se extinga.

Balancea su vida entre la familia, el alcoholismo funcional y la necesidad de vivir con intensidad, disfrutar la naturaleza y el rock.

Cuenta la leyenda que ya sabía leer a los 3 años, evolucionando rápidamente del Silabario a Arthur Clarke. Luego de devorar la ciencia ficción se fascinó por el cuento latinoamericano, y posteriormente la novela negra policial. Borracho, suele declarar "Bukowski es mi pastor y nada me faltará".

Escritor de cuentos, harto de no ganar ningún miserable concurso –participase o no– e inspirado por los talleres literarios del maestro Jorge Calvo, escribe en poco más de 4 años su opera prima, Pingüinos Suicidas.